百人一首の正体

吉海直人

目次

序章　百人一首への招待

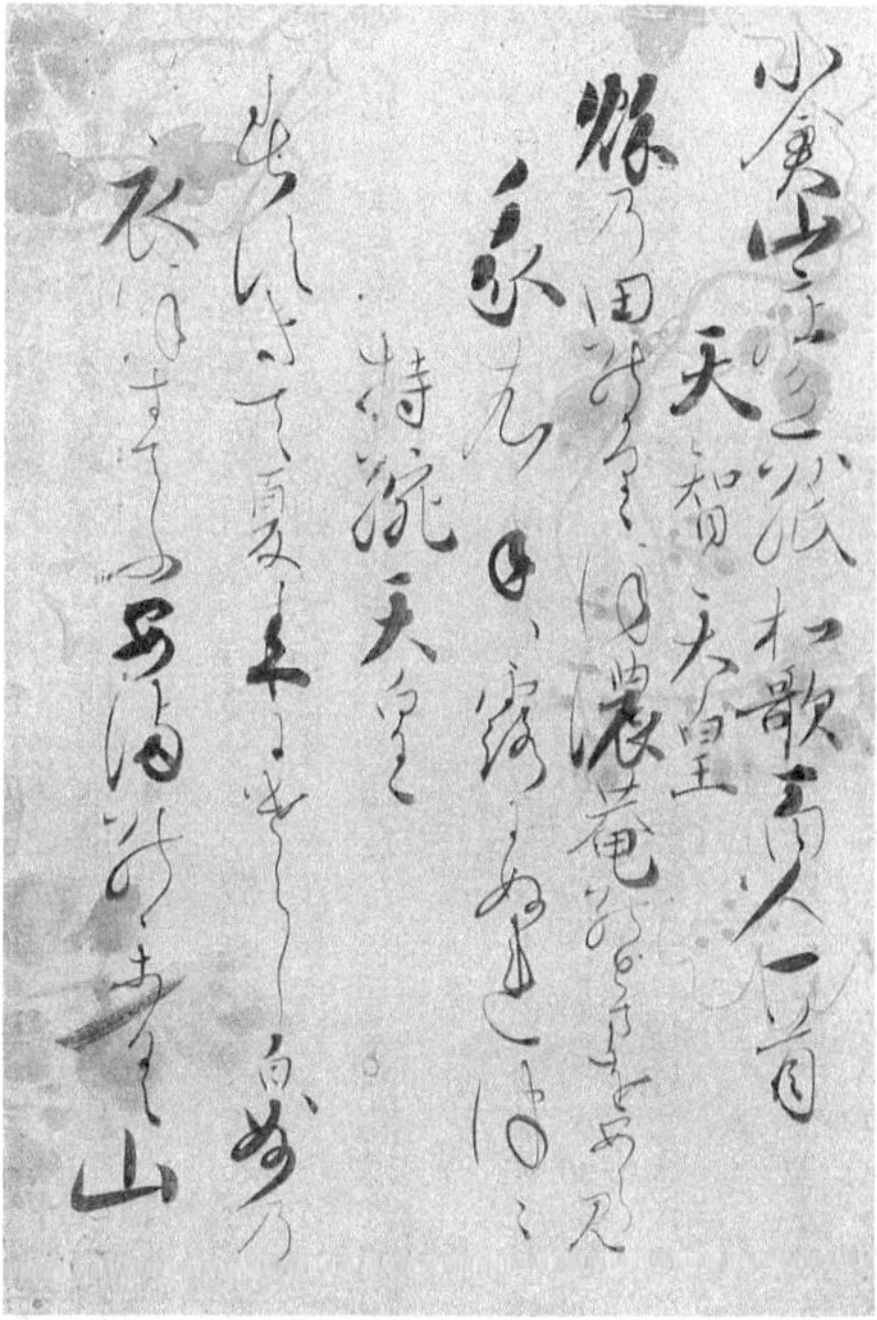

小倉山庄（荘）色紙和歌（江戸初期写）

百人一首について、皆さんは次のように思っていませんか。鎌倉時代初期（一二三五年頃）に藤原定家（一一六二～一二四一）によって編まれた秀歌撰であると。そこに撰ばれている百首の歌についても、珠玉のような秀歌のオンパレードだと。しかしながら、それは読者や古典文学の学習者を納得させるためのいわば方便にすぎません。専門的な百人一首研究のレベルでは、成立や撰歌意識などを含め、情報不足で今もってわからないこと、疑問に思われることがたくさんあります。

そんなわけで本書は、研究者の視点から百人一首の全体を概説してみました。もちろん資料を駆使して、実証的に論じることを心掛けています。だからといって、安易に正解を一つに絞るような愚は犯しません。百人一首の成立や主題など、とても簡単に説明できるものではないからです。

むしろ百人一首は、時代により人により解釈を変容させているといえます。私はそれを〈再解釈〉というタームで説明しています。百人一首は懐の深い作品だからこそ、時代を超えていろいろな解釈を受け入れることで、多くの人々に愛好され続けてきたのではないでしょうか。

また百人一首は、決して和歌文学における珠玉の小品であるとは断言できません。有名であることと秀歌であることは次元が異なるからです。百首という数がコンパクトであること、そして何よりも定家撰であることによって、百人一首は歌道の流派争いのみならず、政治や教育の方便として巧みに利用されてきた独自の歴史を有しています。そしてそのことが、必然的に百人一首の解釈にも反映されているのです。ですから百人一首の歴史を展望すると、自ずから百人一首の担ってきた文化史的な役割も浮き彫りになってきます。そういった点にまで言及していることも、これまでの類書とは異なる本書の大きな特徴の一つといえます。

ですから本書は、百人一首の入門書というよりももっと深く知りたい人のための二冊目の本（次のステップ）というつもりで執筆しました。もちろんできるだけわかりやすいように章分けを多くし、各章の中で必要と思われる基礎知識を説明しながらまとめてみました。一読して従来の説（皆さんの常識）と異なっていることがおわかりになるはずです。そのため一時的に皆さんを惑わすことになるかもしれませんが、しかし決して奇をてらっているわけではありません。百人一首という作品自体が、そういう得体の知れない複雑なものだということをご理解下さい。ですから書名を『百人一首の正体』としてみました。

さあ、本書がどれだけ従来の本と違っているのか、それは読者の皆さんに読んで判断していただくことにしましょう。

一、百人一首、常識の嘘

最初に百人一首という名称の謎からお話ししましょう。百人一首というとあまりにも有名なので、はじめからそう呼ばれていたと思っていませんか。ところが古い資料には百人一首という名称が一切出てこないのです。そもそも百人一首の原本（定家自筆本）は存在しません。ですから成立時点でどう呼ばれていたのか、定家がどう命名していたかもわかりません。かろうじて後世の写本が残されているわけですが、百人一首の場合は信頼できる古写本もありません。

百人一首という名の初出は、一二三五年頃に成立してからおよそ百七十年以上も経った応永十三年（一四〇六）書写とされる百人一首抄（応永抄）まで下ります。その序文の冒頭に、「小椋山庄色紙和歌（おぐらさんそうしきしわか）／右百首は京極黄門小倉山庄色紙和歌也。それを世に百人一首と号する也」とあるのが最古の例とされています。

ただし最近の研究では、応永十三年書写ということも疑われていますから、書写年代は下る可能性があります。京都の冷泉家（れいぜい）（定家の子孫）には、百人秀歌というもっと古い写本が所蔵されていますが、それにも百人一首という書名は出ていないので、今のところ初出例の変更はありません。

ここで確認しておきたいのは、定家の子孫の歌道流派の一つである二条流の注釈（応永抄）では、百人一首が定家撰であることにまったく疑いを抱いていないということです。それどころか定家撰であることを強調して、積極的に権威付けを行っています。また、「小倉山庄色紙和歌」というのが正式名称であって、百人一首というのは俗称だとしている点も見逃せません。そうなると当時は小倉山庄色紙和歌の方が、百人一首より由緒ある名称であったことになります。百人一首は後世に名付けられたものだったのです。

もっとも、百人一首が「百」という和歌の所収歌数（歌人数）を重視した名称であるのに対して、小倉山庄色紙和歌は「小倉」という所在地、及び「色紙」という形態を重視した名称ですから、両者は命名の基準（意味するもの）が大きく相違していることになります。そうなると内容（所収歌）が同一であっても、色紙形態の小倉山庄色紙和歌と目録形態（歌集形態）の百人一首は、きちんと使い分けるべきかもしれません。成立や伝来にしても、両者を厳密に分けて考えた方が良策と思われます。

ところで、百人一首という名称は、なんとなく奇妙だと思いませんか。そのためか、江戸時代の読みくせでは「ひゃくにんしゅ」と「いっ」を読まずに発音されていました。そもそも百人一首という書名を耳あるいは目にした印象として、百人が一首を合作したようなイメージを思い浮かべてしまいます。

類似したものに「一人百首」があります。これは一人の作者の歌を百首まとめたもの（百首歌）です。あるいはそこからの類推で、百人の作者の歌を各一首計百首まとめたものという命名なのかもしれません。それなら「百人各一首」の方が相応しいのですが、そんな名称は聞いたこともありません。

これを「百人百首」とすると、今度は百人の歌を百首ずつ集めたもの（百×百＝一万）と誤解されかねません。それにしても落ちつかない名称ですね。それというのも、百人の歌を一首ずつ集めた百首歌という形態そのものが、当時において非常に珍しいものだったからです。

では三十六歌仙はどうですか、という質問があるかもしれません。しかし三十六歌仙（本来は藤原公任撰の三十六人撰）は、六人の歌人は一人十首、三十人の歌人は一人三首なのです（計百五十首）。後に藤原俊成（定家の父）によって改編された際も、三十六人の歌人による一人三首でした（計百八首）。それが一人一首（計三十六首）のいわゆる「一首歌仙本」になるのはずっと後のことで、むしろ百人一首の影響を受けているのかもしれません。要するに一人一首という先例が見当たらないのです。

百人の歌ということでは、後鳥羽院の撰んだ『時代不同歌合』（文暦元年頃成立）が近い存在です。百人一首は何故百人なのか、という疑問の答えはここにあります。ただし書名からはわかりません。では『時代不同歌合』は何故百人なのでしょうか。公任の活躍した頃（平安中期）だったら、歌人の数は三十六人で事足りたのでしょうが、それから二百年も経っているのですからとても間に合いません。そのため十八番（三十六人）が五十番（百人）に大幅に拡大されているのです。それなら古代と近代各三十六人、計七十二人でも良かったはずですが、最終的に百人に定められています。ただし『時代不同歌合』も一人一首ではなく、一人三首でした（計三百首）。この「一首歌仙本」なら、まさしく別本百人一首ということもできます。

定家はこの後鳥羽院の『時代不同歌合』に対抗する目的で、あるいは何らかのメッセージを込めて、百人の「一首歌仙本」を考案したと考えられます。『時代不同歌合』において、勝手に元良（もとよし）親王と合わせられたことに対する不満・反撥（はんぱつ）もあったのでしょう。父の俊成が公任の『三十六人撰』の歌を差し替えて『古三十六人歌合』を編んだように、定家も後鳥羽院の『時代不同歌合』を差し替えて百人一首を編んだという解釈はいかがでしょうか。

意外に思われるかもしれませんが、百人一首という形態は、当時においては非常に斬新（ざんしん）なものだったのです。まずそのことを理解してください。その上で一人一首にしたことこそ、百人一首最大の特徴といえます。

二、現代に生きる百人一首

百人一首はその成立以降、勅撰八代集（古今集から新古今集まで）の啓蒙書（けいもうしょ）・入門書・教科書（エッセンス）として、大きな役割を果たしてきました。その一方で、手頃な仮名書道手本（女性用）として重宝されたり、またかるた遊びへ変身したりと再解釈・第二次利用されつつ、近世庶民教育に多大な影響を及ぼしています。

明治以降は、日本の国際化・日本文化の発信にも一役買っています。百人一首かるたは歌仙絵を伴っていたため、手頃な美術品として外国人に喜ばれたらしく、何百・何千セットとなく海外に輸出されているからです。またディキンズによって初めて英訳されて以降、英語はもとより独語・仏語・中国語などに翻訳されており、日本文化の外国への紹介という面でも非常に役立ったようです。

このように百人一首は、外国人からは日本文化の象徴として注目されているのですが、肝心の日本では、それがあまりにも日常生活にとけ込んでしまっていたものですから、かえってその重要性が見失われていました。ですから、たとえ身近に百人一首に関するものがあったとしても、ほとんどそれを意識しないで看過している場合が多いようです。百人一首は、欧米におけるマザーグース（ナーサリー・ライム）の日本版と言えるかもしれません（落語にも「ちはやふる」「崇徳院」などが登場しています）。

そこで私は、日常生活の中に潜んでいる百人一首グッズをチェックしてみました。すると至る所に百人一首が活用されていることがわかったのです。ここではその一部を紹介してみましょう。なお美術館で販売されている小倉色紙の絵はがきやテレホンカードなどは、百人一首の正当な受け入れですから、ここでは除外します。

トップは宝塚です。かつて宝塚少女歌劇団では、百人一首の歌の一部を芸名にするのが一般的だったことがありました。天津乙女・有馬そよ子・浦野まつほ・大江文子・沖野石子・小倉みゆき・門田芦子・雲井浪子・雲野かよ子・小夜福子・篠原浅茅・関守須磨子・滝川末子・巽寿美子・奈良美也子・三室錦子・三好小夜子・村雨まき子・雪野富士子・吉野雪子など、実に百五十名以上の団員に百人一首名がつけられています。特に一期生から十一期生までは全員が百人一首からの命名でした。これは小林一三翁の趣味なのかもしれませんが、やはり百人一首は、女性名にふさわしかったのではないでしょうか。ところで皆さんは、先にあげた芸名からすぐに百人一首の歌がわかりますか。

小説の世界では、尾崎紅葉の『金色夜叉』が有名ですが、夏目漱石の『心』や『吾輩は猫である』、石川啄木の『鳥影』、永井荷風の『見果てぬ夢』などにも見られます。特に漱石の作品には百人一首の引用が多いようです（漱石は百人一首がお好き？）。近代のものとしては推理小説、例えば山村美紗の『百人一首殺人事件』や、斎藤栄の『女子大生短歌殺人事件』、内田康夫の『歌枕殺人事件』などがあげられます。

現代版としてはコミックも見逃せません。古いところでは大和和紀の『はいからさんが通る』（講談社漫画文庫）に崇徳院の「瀬を早み」歌が使われていました。その他、藤原栄子の『うわさの姫子』（てんとう虫コミックス）、新井素子の『通りすがりのレイディ』（集英社コバルト文庫）、同『絶句（下）』（ハヤカワ文庫）にも利用されています。里中満智子の『アリエスの乙女たち』（講談社漫画文庫）や、北条司の『シティーハンター』（集英社）、室山まゆみの『どろろんぱっ！』（てんとう虫コミックス）にも出てきます。山本鈴美香の『エースをねらえ！』（中公文庫コミック版）や魔夜峰央の『パタリロ！』にも出てきます。また片山愁の『あやかし歌姫かるた』（角川書店）も異色です。最近のものでは末次由紀の『ちはやふる』（講談社コミックス）や杉田圭の『うた恋い。』（メディアファクトリー）はほぼ同時に大ヒットしています。特に『ちはやふる』は競技かるた人口を増やしただけでなく、外国人に競技かるたの魅力を知らせるという役割も果たしています。なおコミックに崇徳院の「瀬を早み」歌の引用が多いのは、やはり恋愛要素の強い女性マンガだからでしょうか。

さて本題の百人一首グッズとしては、次の三種が基本になります。

①百人一首という名称にかかわるもの
②百人一首歌を利用したもの
③かるたや絵を用いたもの

①としては、名古屋・松河屋老舗の商品に、ズバリ「銘菓百人一首」がありました。また味覚糖から販売されていた「百人いっしょ」というキャンディーは、百人一首をもじったネーミングです（現在は発売中止か）。同様に茨木市の日本料理店の「百人一朱」という名ももじりでしょう。大阪にあるしゃぶしゃぶ京料理の店の名など「百人一首」そのままで、その宣伝用マッチもあります。

時雨殿が『ちはやふる　20』（©末次由紀／講談社）に登場したシーン

②は百人一首全般と歌一首の二種に分かれます。全般的なものとしては、亀田製菓のおかき「磯姉妹」「梅の香巻」は、百人一首という文字こそ冠されていませんが、包装紙にいくつかの歌が書かれていました。また豪華な九谷焼きの湯呑には、蓋と本体に百人一首歌

と画像がびっしり書かれているものがあります（かなり高価）。他に常滑焼きの急須にも百首書かれたものがあります。なお長岡京には小倉山荘というおかき・煎餅の店があり、百人一首にちなんだ名称の商品を幅広く商っています。

歌一首の活用法は実に様々です。百人一首に歌枕が多いことから、各地の土産物に直結しています。奈良の若草山近辺では仲麿・伊勢大輔歌が多用されています（本舗天の原）。また金華堂の大和銘菓「からくれない」には紅葉と業平歌が印刷されていました。大江町の「鬼饅頭」にはパンフレットに小式部内侍歌が引かれています。香川県の清酒綾菊には崇徳院歌が、淡路島の素麵（楓勇吉商店）には源兼昌歌が、静岡・福寿園の茶筒には赤人歌が出ています。田子の月製の銘菓「田子の月」には赤人歌が使われています。これらは百人一首の知名度を利用しているのでしょう。また地名ではなく歌詞の連想によるものとして、京都・鶴屋吉信製の「夏越川」のパンフレットには家隆の歌が、広島にしき堂の「もみじ饅頭」には菅家の歌が出ています。秋田市あきほ苑のマッチは天智歌を図柄にしていますが、それは安直に秋田と「秋の田」を掛けた語呂合わせでしょう。京都市四条大宮にあった喫茶店「ヤマイチ」の宣伝用マッチには持統天皇が図案化されています。そのマスターは第一期名人・故鈴山透氏でした。

③はデザインですが、江戸時代にも漆工芸や小袖の意匠がありました。その伝統が着物や帯・和装小物にも生かされているのです。特に狩野探幽の百人一首画帖は人気があるら

しく、ハンカチ・スカーフ・Tシャツ・ブラウス・法被・扇子・手拭など、幅広く活用されています。図案としては持統天皇・小野小町・和泉式部・紫式部・清少納言の五種が基本のようです（全て十二単衣姿の女性）。レターセットやグリーティングカード・クリスマスカード・ポチ袋などにも見られます。吉川商店の「京かるた」（京都観月あられ）、東京新宿の「大納言」にはかるた絵が使われています。なお公卿の官職である大納言は、武士と違って切腹しないことから、煮ても皮の破れない小豆の名称に用いられたとのことです。また山口県のきれん製菓の「ういろう」は外箱に百人一首の歌が書かれています。これらは小豆を使っているから「小倉」と縁があるのです（「小倉あん」は貞信公の「小倉山」歌から命名）。その他、夫婦茶碗や吸物椀・美濃焼の銘々皿・お猪口と徳利などにも利用されています。

　これ以外にもテレビのコマーシャルや宣伝広告などに百人一首グッズが利用されてきました。私は現在奈良に住んでいるので、どうしても地元のものが多くなってしまいます。きっと皆さんの住んでいる町の至る所に、百人一首グッズが潜んでいるはずです（街角百人一首グッズ）。それが現代に生きる百人一首なのです。皆さんも是非探してみてはいかがですか。きっと驚かれると思います。

　なお、老婆心ながら百人一首と三十六歌仙がしばしば混同されているので、その点にはくれぐれも注意して下さい。その簡単な見分け方ですが、三十六歌仙は歌合形式になっているので、歌の前に必ず「左」か「右」が記されています。たとえ百人一首と同じ作者・同じ歌であっても、左か右とあったらそれは百人一首ではありません。これがもっとも簡単な見分け方です。

もちろん三十六歌仙にも百人一首同様にたくさんの異種（類書）があります。その中では「中古三十六歌仙」「新三十六歌仙」「女歌仙」「続女歌仙」「新続女歌仙」「釈教三十六歌仙」などが知られています。こちらも案外奥が深いようです。

第一章　百人一首成立の謎

小倉山荘藤原定家詠歌之図

多くの古典文学（源氏物語もその一つ）と同じく、藤原定家自筆の百人一首原本は現存していません。定家が撰んだということさえも、確かな証拠があって言われているわけではありません。実は百人一首に関する常識は、そのほとんどが推測の積み重ねなのです。

本書の第一章では、百人一首の成立を考える上で重要な①明月記（定家の日記）・②百人秀歌（百人一首の草稿本）・③小倉色紙（定家自筆）という三大資料の再検討を行います。この三点が百人一首の基本資料なのですが、古くから三点セットで私たちに提供されていたわけではありません。最初に小倉色紙の存在が、特に茶道の世界で掛け軸として有名になりました。続いて明月記の該当記事が紹介され、最後に、というよりも戦後になって、百人秀歌が発見・報告されたのです。ですからこの三資料を揃いで検討できるようになったのは、本当にごく最近のことなのです。それ以前は二条家の説として、定家が撰んだことが前提となって話が進められてきました。だから疑問の余地もなかったのです。ですから百人一首の研究は、戦後に至って本格的に始まったといえます。

ここでは資料の再検討を通して、百人一首成立の謎に少しでも迫ってみましょう。ただし謎といっても、本書はいわゆる謎解き本ではないことをお断りしておきます。

一、明月記の曖昧さ

百人一首の成立に関して、まず内部の情報を押さえておきましょう。撰入歌の中で最も遅い成立の歌を探すと、藤原家隆の歌（九八番）が寛喜元年（一二二九）十一月の「女御入内屏風」の中の詠であることがわかります。そうすると百人一首は、少なくとも家隆歌が詠まれた寛喜元年十一月以降の成立ということになります。

次に作者表記に注目してみましょう。定家が権中納言に叙せられたのは、貞永元年（一二三二）正月三十日のことでした。もし定家が百人一首成立時の官位で作者名を表記していたとすると、必然的に貞永元年正月三十日以降の成立ということになります。しかし家隆の官位を調べてみると、困った問題が生じてきます。というのも、家隆が従二位に叙せられたのは、文暦二年（＝嘉禎元年・一二三五）九月十日だからです。これによれば、百人一首の成立は文暦二年九月十日以降にならざるをえません。ところが、これから検討する明月記の関係記事は、文暦二年五月二十七日条なのです。もし五月二十七日に百人一首が成立したとすると、その時点で家隆はまだ正三位ですから、作者表記は不正確というか時間的なずれがあることになります（後に改訂されたのかもしれません）。

それだけではありません。百人秀歌ではその家隆の官位が正三位になっているのです。要するに百人秀歌の正三位という作者表記の方が、明月記の記事と整合しているわけです。そこで百人秀歌を百人一首の草稿本とし、百人一首の従二位は九月十日以降の改訂とすることで、合理的に解釈しているのです。百人秀歌はそれですっきりしますが、百人一首の方はまだ難問が残っています。それは後鳥羽院・順徳院という作者表記です。何故ならば、後鳥羽院は仁治三年（一二四二）七月八日に、順徳院は建長元年（一二四九）七月二十日に定められた諡号だからです。おそらくそれまでは、後鳥羽院は本院あるいは隠岐院、順徳院は新院あるいは佐渡院と呼ばれていたはずです。天皇の諡号は、もちろん崩御された後に贈られる称号ですから、二人が生存している文暦二年の時点では絶対に存在していないものなのです。

肝心の定家は、仁治二年（一二四一）に死去していますから、後鳥羽院・順徳院という作者表記は、順徳院の諡号が定められた建長元年以降に、定家以外の後人によって付けられたことになります。つまり、現在私たちが見ている百人一首は、定家以外の人によって完成させられたものということになります。もちろんそれは作者表記というわずかな部分ですから、百人一首を定家の撰とすることに抵触するものではありません。

以上のような内部徴証を前提として、樋口芳麻呂氏は「百人一首への道」（文学）という重厚な論文で、百人一首成立に至る過程を、定家の心情を代弁するかのような臨場感をもって、詳細に論じておられます。新勅撰集における不本意な切り出しと、蓮生の色紙染筆依頼をミックスさせ、また流罪になった後鳥羽・順徳両院の還京拒否をスパイスとして、文学者としての定家の心の揺れが照らし出され、それと対応して百人秀歌と百人一首の成立が見事なまでに解明されているのです。これは百人一首成立論における最高傑作の一つであり、そのまま百人一首物語としても読みごたえのある作品だと思います。私はこれに対して感動さえ覚えますが、それでも乏しい資料をつなぎ合わせた推論ですから、これをそのまま定説にするわけにはいきません。

樋口氏説の検証も兼ねて、明月記の分析から始めましょう。なお原文は漢文の日記ですが、ここではわかりやすいように書き下しにしておきます。

予、本より文字を書く事を知らず、嵯峨中院の障子の色紙形、ことさらに予書くべきの由、彼の入道懇切なり、極めて見苦しき事といへども、なまじひに筆を染めて之を送る、古来の人の歌おのおの一首、天智天皇より以来、家隆・雅経（卿）に及ぶ。

この時定家は七十四歳でした。「彼の入道」とは、嵯峨中院に大きな山荘を営んでいた関東方の武将宇都宮頼綱（法名蓮生）のことです。定家の息子である為家が蓮生の女婿となっている関係で、明月記にもしばしばその名が登場しています。

ところでこの明月記の記事は、近世前中期に至るまで百人一首の資料として用いられた形跡は一切認められません（冷泉家にこの部分を有する自筆本欠）。それ以前は、『宗祇抄』を核とする二条流の注釈の中で、何一つ証拠が提示されることなしに、定家撰説が唱えられていたのです。しかも面白いことに、水戸の国学者安藤為章が初めて明月記を提示したのは、決して定家撰説の補強資料としてではなく、逆に非定家撰説の証拠としてでした。早速、為章の言い分に耳を傾けてみましょう。為章の説は、元禄十五年（一七〇二）に成立した彼の随筆『年山紀聞』の中に出ています。まず従来の二条流の定家撰説を紹介した上で、「しかるに明月記をよみて、いささか不審おこれり」と疑問を呈し、問題の記述を引用しています。

歌を撰びたるも、彼入道にや。「雖極見苦事、慭染筆送之。古来人歌各々一首」とある書きやうは、ただ染筆のみにて定家卿の撰ともみえざる歟。蓮生法師も歌よみて集にも入たる人なれば、是ばかりの物撰ばむことかたかるまじ。さて又今の世の百人一首は、後鳥羽、順徳を巻尾に載せたるは、誰にても後に次第をあらためられたるにや。但し当時の臣下なる故に、「及家隆雅経卿」とかかれたる歟。右の明月記の文を以て見れば、此百首の事、先達の説うたがはしくおぼえ侍り。かの契沖師は、さしもこまやかなる考にてありしかども、此明月記の文を見ざりし故に、改観抄のおもむき、先達の説によれり。

ここで大事なのは、明月記の記述が必ずしも定家自撰であることを保証していないという読みです。為章はその代案として、蓮生撰・定家染筆という新説を提唱しているのです。確かに定家が色紙を染筆したことはわかりますが、撰んだということはどこにも書いてありません。さらに為章の筆は、旧説を徹底的に批判している僧契沖（国学者）に及び、その契沖が旧説に従っているのは、明月記を参照していないためだと決めつけています。契沖のような大学者ですら明月記を見ていないのですから、為章による明月記の記述発掘は、百人一首研究史上特筆すべきものと言えましょう。

ついでながら、明月記には「百」という数字が登場していないことにも留意して下さい。ひょっとすると古注釈書が明月記を引用していないのは、明月記を見ていなかったのではなく、百人一首の成立とかかわらないものとして無視していただけかもしれません。確かに百人一首と関連する記事のようではありますが、これをストレートに百人一首あるいは百人秀歌とすることは危険でしょう。この記事を素直に読めば、天智で始まり家隆・雅経で終わる別作品を想定することも十分可能なのです。要するにこの記事は曖昧（あいまい）なのです。

なお、かなり有名なことですが、明月記治承（じしょう）四年（一一八〇）九月の記事に、「紅旗征戎（こうきせいじゅう）は吾が事にあらず」という白氏文集巻十七（白居易の漢詩文集）の詩句を踏まえた一文が記されています。この部分、定家の自筆本が天理図書館に蔵されているのですが、鑑定の結果は定家七十歳頃の筆とされています。しかし治承四年は定家十九歳の年なのです。十九歳の日記の筆跡が七十歳頃というのは、一体どういうことでしょうか。

種明かしは簡単です。つまり晩年に定家が自分の日記を写し直していたのです。しかもこの一文は、定家が承久三年（一二二一）五月二十一日に書写した後撰集の奥書に記されていたものでした。承久三年といえば定家六十歳の年ですが、ちょうど承久の乱が起きています。どうやらこの時期に定家は、「紅旗征戎は吾が事にあらず」という白氏文集の文学的な表現を承久本後撰集の奥書に利用する一方、自らの日記を書写する過程で、自分の過去を文学者としてふさわしいものに塗り換えたようなのです。つまり十九歳当時の日記に記されていなかったにもかかわらず、それを後で書写した際に書き足した可能性が高いのです。

もちろん十九歳の折に書いた自筆の日記が出現しない限り、本当のことはわかりませんが、明月記はちょうど治承四年の二月から書き始められており、定家の記録としては始発部分に当たります。

私は、定家は日本古典文学史を左右することのできた稀有な人物であると密かに思っているのですが、その定家だったら文学作品のみならず、自分の日記（人生史）だって改竄しかねません。

二、百人秀歌の発見

次に百人秀歌ですが、この作品は大変不幸な運命をたどっています。第一に、宮内庁書陵部に蔵されていた百人秀歌が有吉保氏の「百人一首宗祇抄について」(日大語文)で報告されたのは、なんと昭和二十六年のことでした。それまではその存在すら知られていなかったのです。

この百人秀歌発見によって、従来の百人一首成立に関する論は、全て修正を迫られることになりました。

これ程重大な発見ですから、それが偽書かどうかを含めて、百人秀歌の徹底的な吟味が必要なはずです。ところがその後、もう一冊の写本(志香須賀本)が久曾神昇(きゅうそじんひたく)氏によって報告されたこともあって、百人秀歌を疑問視する声は聞かれなくなりました。加えて、冷泉家に百人秀歌の古写本が蔵されていることもわかり、百人秀歌の資料的価値は不動のものとなったのです。しかも家隆の官位が正三位であることが明月記と整合し、また後鳥羽院・順徳院が漏れていることが、新勅撰集における承久の乱の関係者切り捨てと符合するために、百人一首に先だって成立したものとして、積極的に肯定する意見が大勢を占めるに至っています。

待望の百人秀歌は、冷泉家時雨亭(しぐれてい)叢書の一冊（五代簡要・定家歌学）に影印(えいいん)（写真版）で収められ、平成八年四月に刊行されました。冷泉家本の書写年代は、鎌倉末期か南北朝まで遡(さかのぼ)るようですから、年代的な不安も一掃されます。というよりも、従来百人一首最古（文安二年）の写本とされていたものよりはるかに古いわけですから、これが百人一首関係の写本としては最古のものになります。それだけでも資料的価値は非常に高いと言えましょう。

ただし冷泉家本が公開されたことにより、新たな疑問も浮上してきました。一つには、冷泉家で秘蔵されていたとされる百人秀歌ですが、それでも定家や為家・為相(ためすけ)まではとても遡れないということです。しかも最初からずっと冷泉家に秘蔵されていたのではなく、どうやらかなり後から入ったもののようなのです。というのも、その内題に「百人秀歌。嵯峨山庄色紙形。京極黄門撰」とあるからです。「嵯峨山庄色紙形」は、山荘の色紙に言及した初出例として重要です。あるいは明月記の「嵯峨中院」に対応しているのかもしれません。

それはさておき、問題は「京極黄門撰」です。京極(きょうごく)とは、定家の邸宅があった場所です。「黄門」とは中納言の唐名(とうめい)ですから（水戸黄門も同様）、これは定家のこととなります。百

人秀歌が定家の撰であれば、自ら京極黄門撰と書くはずはありません。もともと百人秀歌には百人一首にない、

　上古以来の歌仙の一首、思ひ出づるに随ひて之を書き出だす。名誉の人、秀逸の詠、皆之を漏らす。用捨は心に在り。自他傍難有るべからざるか。

という識語（しきご）が付いています。署名はありませんが、現在のところ定家の識語とされています。もし百人秀歌の原本が冷泉家に伝来されていたのなら、わざわざ定家撰であることを注記する必要はないはずです。またこのような識語も不要のはずです。そうするとこの「京極黄門撰」という後人の注記は、かえって百人秀歌が冷泉家から離れていたことを示す証拠にもなりかねません。

　それにしても百人秀歌の写本が三本しか伝存していないというのは、あまりにも少ない気がします。秘伝といっても、古今伝授されるようなものであれば、そのたびごとに書写されるわけですから、もう少し写本があってもよさそうなものです。あるいは百人一首があまりにも広範に流布してしまったために、冷泉家としても百人秀歌では対抗できず、しぶしぶ百人一首の権威に従っているのかもしれません。今までほとんど疑問視されませんでしたが、冷泉家流の説はあくまで百人一首の注釈であって、決して百人秀歌の注釈では

ないということも付け加えておきましょう。百人秀歌は、百人一首の陰で継子虐めされている作品だと言えそうです。

その後、四冊目の百人秀歌が発見されました。なんと冷泉家に冷泉為村筆の百人秀歌が所蔵されていたのです。まさに「灯台もと暗し」ですね。しかもこの写本、定家様で書かれているだけでなく、作者名が付けられていません。いかにも小倉色紙を写し取ったような書写になっていたのです。これは権威付けのための作為かもしれません。

そういった意味で、百人秀歌を謎の歌集と呼ぶことに異論はありません。しかしその謎の中心は後鳥羽院・順徳院ですから、その二人を含む百人一首が成立した時点で、謎は謎でなくなってしまいます。

まして『続後撰集』には両院の歌が撰入されているのですから、公的にもタブーや謎はその時点で消失してしまっていることになります。要するに百人秀歌の謎は、期限付きの謎だったことになります。

百人秀歌がかえりみられなかったのは、そういう事情だったからではないでしょうか。

参考までに定家以降の系譜を提示しておきます。

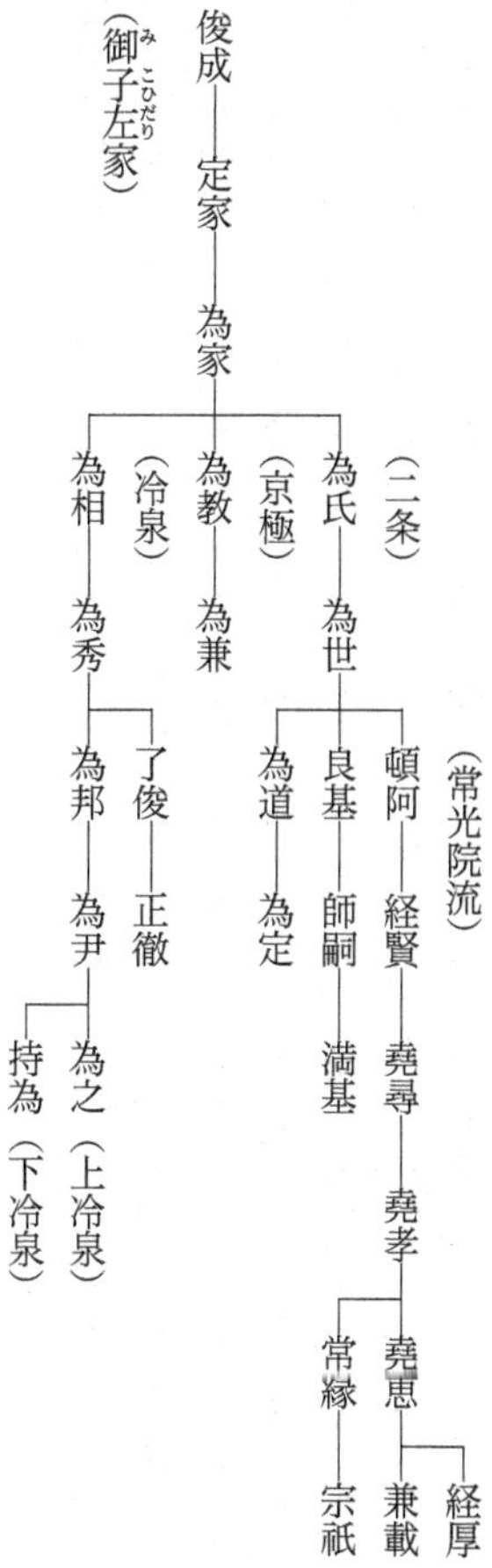

三、百人秀歌型配列百人一首の発見

百人秀歌の発見は、あまりにも遅すぎた感があります。冷泉家において門外不出の書だったのがその理由でしょうか。しかしながら、必ずしもそうとばかりは言えません。というのも、百人一首と百人秀歌を足して二で割ったような作品が、何十本何百本も伝存しているからです。参考までに、百人一首になく百人秀歌にのみある歌四首をあげておきましょう。

よもすがらちぎりしことをわすれずはこひんなみだのいろぞゆかしき　一条院皇后宮

春日野のしたもえわたるくさのうへにつれなくみゆるはるのあはゆき　権中納言国信

きのくにのゆらのみさきにひろふてふたまさかにだにあひみてしがな　権中納言長方

山ざくらさきそめしよりひさかたのくもゐにみゆるたきの白いと　源俊頼朝臣(あそん)

四番目の俊頼は、歌人としては百人一首に撰入されていますが、撰ばれた歌が「うかりける」歌でした。これに対して新しく見つかった異本は、歌は完全に百人一首と一致しているにもかかわらず、配列は百人秀歌を踏襲している実に奇妙なものです（家隆は正三位のまま）。私はそれを百人秀歌型配列異本百人一首（以下、異本と呼ぶことにします）と命名して、平成二年に和歌文学研究に発表しました。私自身、何百本もの百人一首の写本・版本を調査してきたにもかかわらず、しばらくの間は配列が乱れているものがあるくらいにしか考えていませんでした。ところがある時ふと気が付いて、おそるおそる百人秀歌の

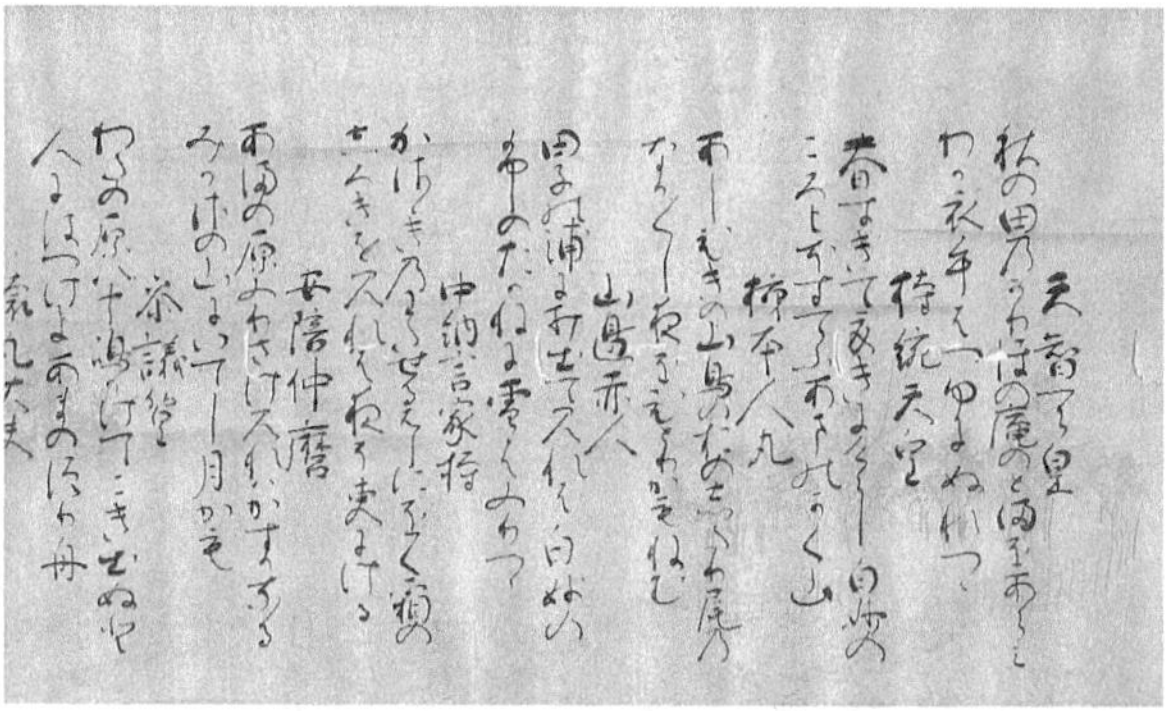

百人秀歌型配列百人一首（伝小堀遠州筆）

配列と比較してみたのです。するとどうでしょう、まさかと思ったのですがものの見事に　致しました。その時の興奮は今でも忘れることができません。

　こうして最初の一本が確定すると、その後続々と同種の本が出てきました。国文学研究資料館の紙焼き写真にもいくつかありました。跡見(あとみ)学園女子大学図書館の百人一首コレクションの中にもありました。配列が異なっているとされていた水戸彰考館蔵の注釈書もそうでした。古活字本など、別冊太陽愛蔵版に影印が掲載されていたにもかかわらず、百人一首に異本など存しないという先入観が災いしてか、今まで誰も気が付かなかったようです。

　この発見は、単に異本の発見にとどまるものではありません。これは百人秀歌との交流がなければ絶対にできないものだからです。そうなると資料の扱い方がまた問題になってきます。これを百人一首成立の段階にまでもっていけば、百人秀歌から百人一首への移行がスムーズに説明できます。つまり百一首の百人秀歌が、その配列は変えないまま、歌だけが異本へとまず移行し、次に配列がいじられて現行の百人一首になったというわけです。この仮定では、従来一回的な改訂とされていたものが二段階となり、歌の差し替えや作者表記の改訂などが穏当なものになります。これで百人一首には三系統の諸本が存することになりました。

これを後世における偽作とすれば、成立論とはかかわらなくなります。ただしその場合、誰がいつ何のためにこんなものを作ったのかがうまく説明できません。異本が三部抄（詠歌大概・秀歌体大略・百人一首・未来記・雨中吟）の中に多い点を重視すれば、二条流の手になるものなのでしょう。そうなると二条流においても、百人秀歌の存在が知られていたことになります。目障りな冷泉家の百人秀歌に対抗するために、二条流はあえて異本をこしらえたのでしょうか。これこそ謎です。

百人秀歌が昭和（戦後）最大の発見であるとすれば、異本百人一首は平成最大の発見と言えるかもしれませんが、その資料的価値に関してはかるた本文とのかかわりを含めて、もうしばらく研究の進展を待たなければならないようです。

四、小倉色紙の複雑さ

小倉色紙の伝承

現存する小倉色紙は、百人一首成立の一等資料と言えます。百枚揃いでは残っていないのですが、それでも定家自筆の色紙が三十枚程残っているのですから、場合によっては百人一首や百人秀歌以上の資料的価値があることになります。だからこそ取り扱いには注意が必要でしょう。定家筆の小倉色紙があって、そこに百人一首の歌が書かれているからといって、それを無条件に明月記の記事と重ね合わせるのは危険です。というのも小倉色紙は、そんなに単純なものではないからです。

後世の資料において、早くから色紙について言及されてきました。それがほとんど宗祇（そうぎ）にまつわる話となっている点に、ややいかがわしさを感じます。例えば、慶長元年（一五九六）に成立した細川幽斎（大名・歌人）の『小倉山荘色紙形和歌講述』には、

　小倉色紙は、東常縁（とうのつねより）迄は百枚ながら伝来し給を、宗祇の所望により五十枚付属せしが、

宗祇又我門葉に一枚宛(ずつ)わかち与ふ。自身は一枚を所持す。一所に有之は焼失、紛失を思ひて也云々。常縁伝聞て、所持の五十枚を四十九枚門人にわかつと云々。されば今も世にとどまれりとぞ。

とあり、東常縁(歌人)のもとに百枚揃っていたことになっています。それを宗祇(連歌師)に五十枚与えたところ、宗祇はそれを門弟達に配ってしまったというのです。まとめて持っていると一度に焼失・紛失しかねないからです。それを聞いた常縁も、宗祇になって門弟達に一枚ずつ配りました。そのため小倉色紙は現在まで不揃いながらも残っているというわけです。

美談風に語られていますが、なにしろ百人一首講釈・注釈の中心人物である常縁と宗祇にまつわる話ですから、多少割り引いた方が良さそうです。これは常縁と宗祇を小倉色紙の伝承とかかわらせることにより、二人が二条流の正統な継承者であることを強調している説話なのです。しかも小倉色紙は、桃山期の茶人である武野紹鷗(じょうおう)や今井宗久などによって茶会に用いられ、その価値が高騰(一枚千両)したこともあって、偽物がたくさん出回っているので、鑑定を含めて取り扱いが非常に難しいのです(江戸時代にもかなり偽物が作られています)。

小倉色紙の料紙

百人秀歌がこれに加わると、話がもっとややこしくなります。そもそも小倉色紙は、百人一首なのか百人秀歌なのか、それとも両者を含むのか、あるいはそのどちらでもないのかわかりません。異本百人一首など、配列と作者表記の区別がなければ、完全に百人一首と一致するわけですから、色紙レベルでは両者を区別することは不可能でしょう。ただし障子色紙ということで言えば、配列を優先した異本の方がふさわしいことになります。

百人一首と百人秀歌の区別ならば、わずかながら可能な部分もあります。両者で異なっているもの、つまり百人一首にしかないもの（後鳥羽院・順徳院）、逆に百人秀歌にしかないもの（定子・国信・長方）が色紙として残っていれば、簡単に見分けられるからです。もちろん歌が相違している俊頼の色紙でもかまいません。幸いなことに、藤原定家を特集した「墨美」一二九号に、後鳥羽院歌の色紙が掲載されています。吉田幸一氏がこれを紹介されて以来（『百人一首古注⑩』古典文庫）、その真贋が議論の的

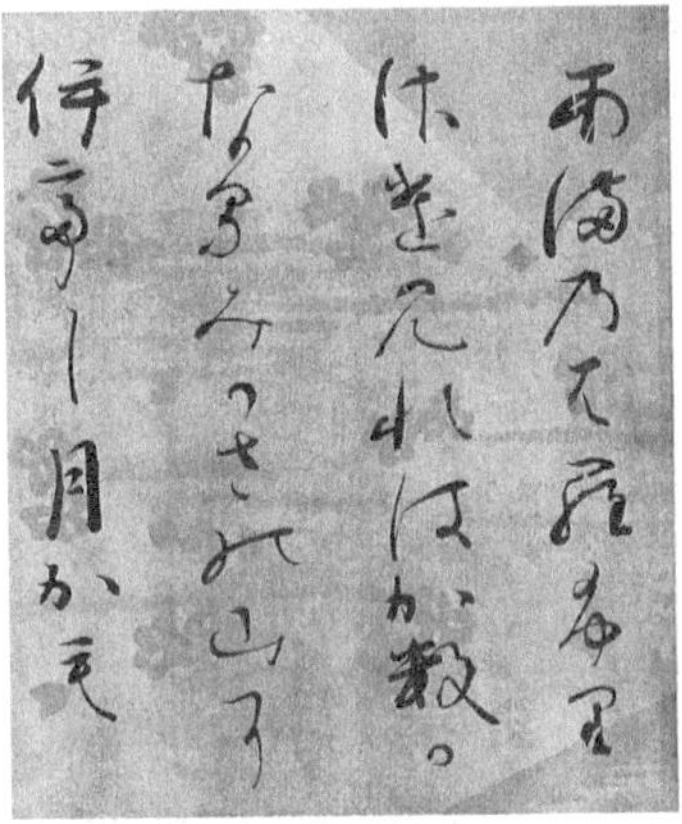
小倉色紙「あまのはら」（江戸時代模写）

となりました。現在ではほぼ真筆と認められているようです。また俊頼の「うかりける」歌及び順徳院の「ももしきや」歌の色紙も存在しています（「墨美」一二六号参照）。反対に百人秀歌であることを示す色紙は、現在のところ一枚も報告されていません。もちろん百人秀歌の存在は昭和二十六年にわかったものですから、それ以前はたとえ百人秀歌独自の色紙があったとしても、歌が相違するということで、安易に無視・排除されていたのかもしれません（現在でも百人秀歌の影は薄いようです）。

仮に百人秀歌の色紙が一枚もないとすると、小倉色紙は百人一首あるいは異本ということになります。ただし百人一首と百人秀歌では九十七首もの歌が重なっているわけですから、百人秀歌の色紙が一枚も現存していないとは断言できません。両者が混在している可能性は十分にあります。百人秀歌の存在を認識した上で、改めて小倉色紙の見直し作業を行うべきではないでしょうか。例えば小倉色紙の中に、同一歌の色紙が二枚以上存しているものがあります。能因（のういん）法師の「嵐吹く」歌など、二枚とも定家筆に近いと鑑定されているのですが、一枚は装飾紙でもう一枚は素紙という具合に料紙が異なっています。これなど装飾紙は百人秀歌、素紙は百人一首と分けることもできなくはありません。

現存する小倉色紙の紙質を調べてみると、大きく装飾紙・素紙・反故継紙（ほごつぎがみ）の三種類に分けられます（寸法も微妙に異なっています）。専門家の渡部清氏など、装飾紙をさらに四種に細分するなど、全体で七種に分類しておられます（季刊墨スペシャル）。小倉色紙の料紙は、製作当初から不統一だったのでしょうか。仮に蓮生からの依頼であれば、おそらく蓮生が豪華な装飾紙をセットで用意したはずです。いくらなんでも嵯峨中院山荘の障子に、裏に字の書いてあるような反故紙（一度使用したもの）を使ったりはしないでしょう。

こうして自筆とされている色紙を料紙から判断すると、現存する小倉色紙はかつて二揃い以上あったことになります。久曾神昇氏はそれを百人一首と百人秀歌に対応させておられるのですが（『御所本百人秀歌』笠間書院）、私は三セット（三百枚）あったと考えています。装飾紙は贈答用で、反故紙は手控えの草稿だとして、素紙は小倉山荘用というわけです。これも謎の一つです。

先ほどの後鳥羽院の色紙はどうでしょうか。「墨美」所収の写真から判断する限り、比較的豪華な装飾紙のようです。もしこれが蓮生に贈られたものだとすると、それは従来の説のような百人秀歌ではありえず、百人一首だったことにならざるをえません。そうなると、わざわざ百人秀歌を編む必然性が消失してしまいます。百人秀歌と小倉色紙は、互いに相容（あいい）れない一面を有しているのです。

作者表記がないこと

小倉色紙は、歌が四行仮名書きになっている点に特徴があります（他に寸法・字体も重要）。単に定家自筆の色紙というだけでは、小倉色紙とは称されません。また作者名が表記されていないことも重要でしょう。これが第二の問題です。つまり色紙を見ただけでは、歌の善し悪しは判断できても、よほどのことがない限り、作者が誰であるかはわかりません。これは作者を問題視されることを避けるための隠蔽工作なのでしょうか。百人一首成立の時点で、後鳥羽院・順徳院の二首は勅撰集に撰入されていませんでした。本当は新勅撰集に撰入したかったのでしょうが、この場合はそれが幸いしました。勅撰集未収歌ですから、よほどの人でなければ後鳥羽院・順徳院の御製であることはわからないはずです。

かつて定家の父俊成が千載集を撰定した際、都落ちした平忠度の歌を、あえて読み人知らずとして入集させたことは、あまりにも有名な逸話です（平家物語）。それと事情は異なるかもしれませんが、歌本文だけの色紙であれば、大きな障りにはならないでしょう。もしそうなら、蓮生に贈ったものが後鳥羽院・順徳院の御製を含む百人一首であっても、一向にかまわないことになります。

ただし当初から似せ絵（歌仙絵、作者像）と組みになっていたとすると、歌からではなく似せ絵から作者が特定されることになるので、むしろ絵を伴わない方が政治的配慮としては都合がいいことになります。もちろん明月記に似せ絵との関わりなどは記されていません。

小倉色紙は百枚か

第三の問題は、百枚という数です。百人一首は「百」という数を書名に冠していますが、小倉色紙は小倉という地名と色紙という形態を表しているだけで、百という数とは無縁なのです。それにもかかわらず、百人一首の呪縛（じゅばく）によっていつも百枚セットとして考えられています。現存の小倉色紙を一覧すると、前半部分・後半部分の偏りはなく、全体に亙（わた）って散らばっていることがわかります。その点からすると、一番から百番まで通して書かれたと考えることもできます。

仮に色紙百枚を障子に貼るとしたら、どのくらいの広さが必要なのでしょうか。蓮生の邸（やしき）はどれ程立派だったでしょうか。障子には小型の絵二枚・歌二枚の計四枚を貼るのが普通らしいのですが、そうすると百枚を貼るには五十枚の障子が必要となります。その五十枚の障子を飾れる部屋といったら、どれくらいの広さなのでしょうか。悲しいかな団地住まいの私には、どうしてもその実感がつかめません。

ここで発想を転換してみましょう。百枚の色紙を一度に飾るということにこだわるのは何故でしょうか。そのことは百人一首の成立を考える上で必要条件なのでしょうか。その答えはもちろんノーです。小倉色紙が百枚揃いだということも不確定でしたが、百枚一度に飾らなければならないということについては、どこにも根拠がないのです。百枚あることと、百枚一度に飾るということは、次元を異にしているはずです。つまり色紙は五十枚でも二枚でも、好きなように貼って構わないのです。もしそうなら、たとえ蓮生に後鳥羽院・順徳院入りの色紙を贈ったとしても、蓮生がそれを危険と判断すれば、わざわざ飾る必要はないわけです。

小倉色紙は百人一首成立の一等資料として重視されすぎたために、かえって正当な判断が下されていないのかもしれません。そういった中で徳原茂実氏は、明月記に登場している三人（天智・家隆・雅経）の歌が全て四季の歌であることに注目され、小倉色紙とは別に百人一首から四季の歌を抜き出したものという新見を提示しておられます（「百人一首成立論の変遷」『百人一首と秀歌撰』風間書房）。これなどまさにコロンブスの卵かもしれません。また当時流行していた名所屛風と考えれば、歌枕を有する歌（なんと三十八首もあります）でもかまいません。

第四に小倉色紙の場合、現行の百人一首のような歌順などほとんど無意味ではないでしょうか。もし似せ絵と対であれば、三十六歌仙同様に人物の新旧対照が重要となります。その点では、百人秀歌の方が歌合形式に近い配列になっていると言われていますが、それはあくまで百人一首と比較してのことであって、決して完璧（かんぺき）ではありません。何よりも百人秀歌は百一首なのですから、五十組にすると一首余ってしまいます。そうなるとますます異本百人一首が浮上するのではないでしょうか。

五、定家筆の新事実

肝心の定家にしても、明月記ですら書き直しているわけですから、まして小倉色紙など、たとえ百枚セットでなくても、求めに応じて何枚か染筆していたとしても不思議ではありません。むしろ染筆を一度と限定することの方がおかしいのではないでしょうか。そうなると小倉色紙の定義すら危うくなってしまいます。

それとは別に最近、定家自筆ということについて、大きな変革が生じました。それは冷泉家時雨亭文庫の調査が進行していることと深くかかわるのですが、なんと定家には定家の字そっくりに書写することのできる右筆（ゆうひつ）がいたのです。調査主任の藤本孝一氏は、定家の家司（けいし）の能直（よしなお）という個人名まで特定しておられます（「日本の美術」四五四参照）。ただし能直は建暦二年（一二一二）に亡くなっているので、小倉色紙を書くことは不可能です。

また、冷泉家は定家独特の筆法から、いわゆる定家様（よう）の書体を確立させていますが、それがあまりにも特徴的であることから、かえって定家の筆からは遠ざかると見られていました。ところが定家の子孫達は、時によって定家そっくりに模写する技術も習得していたのです。そうなると、単純には定家の自筆かどうかの議論ができなくなってきます。これ

を整理すると、

①定家の自筆
②右筆の模写
③子孫の模写
④後世の偽物

の四分類ができます。①については、常に定家何歳の時の筆かという問題がつきまといます。②については、能直以外に何人の右筆がいたのか、またそれらを区別することが可能なのか、といったことがまだわかっていません。③についても、子孫それぞれに右筆がいるとしたらどうでしょうか。小堀遠州や松花堂昭乗などは④に入りそうです。③と④の区別は難しいですね。子孫による模写と、単なる金儲(かねもう)けのための偽物では、資料的信憑性(しんぴょうせい)に雲泥の差があるはずなので、なんとか区別できたらと思っています。

この件に関しては、なにしろ最近提起されたばかりの視点なので、きちんと説明することはできません。豊富な資料を蔵している冷泉家の調査が進めば、少しずつ判ってくると思います。それにしても右筆という視点は、従来の研究を覆(くつがえ)しかねないものですから、資料の全面的な見直しが迫られるのも時間の問題でしょう。

六、歌仙絵の有無

百人一首と絵の関係は、古くから言及されていました。その嚆矢は頓阿の『水蛙眼目』(延文五年〈一三六〇〉頃成立)でしょう。そこには、

又嵯峨の山庄の障子に、上古以来歌仙百人のにせ絵を書て、各一首のうたをかきそへたる。

と記されています。そもそも頓阿は南北朝頃に活躍した二条流歌道の重鎮(四天王の一人)であり、百人一首注釈の創始者にまで想定されている人物です。その頓阿の書いた『水蛙眼目』に出ているのですから、資料的信憑性は十分あります。ここには「百人」「各一首」とあります。

では頓阿は、実際に小倉山荘の障子を見ることができたのでしょうか。それが絶望的であったことは、頓阿の注かとされている『貞信抄』あるいは『百人一首諺解』(延文四年

奥書）の序文に、

> 兼て嵯峨にまかでけるに、小ぐら山の辺（あたり）にて、かのすみ給へる山庄の辺りをあそここゝたづね侍りしかど、たしかにしる人なく、

とあることから察せられます。この注釈書は偽書の可能性も捨てきれないのですが、頓阿の時代に既に小倉山荘が廃れているとしている点、興味深いものです。

歌仙絵に関しては、一条兼良（関白・学者）の作とされる『榻鴫暁筆（とうでんぎょうひつ）』（大永頃成立）にも、

> 先京極黄門、昔今の歌仙一百人を撰て、にせ絵にかかせ、彼所詠の歌一首づつ色紙に書て、小倉の山庄にて障子におされたり。今の世に百人一首と申侍る是也。

と出ています。『水蛙眼目（すいあがんもく）』では百という数字はあっても、百人一首という書名は見られませんでした。ただし、分断されてはいるものの「百人」「各一首」とあるわけですから、それが合体して百人一首になるのは時間の問題でしょう。果たせるかな『榻鴫暁筆』では、はっきり百人一首と記されています。もちろんこの頃には、既に『宗祇抄』をはじめとす

佐竹本三十六歌仙斎宮女御（複製）

る二条流の注釈書によって、百人一首という名称は流布していました。ただ留意すべきは、この二つの記述は共に似せ絵に重点が置かれているということです。

似せ絵というのは、現代の肖像画に近いものです。定家の時代には藤原信実（のぶざね）という名手がいました。有名な「佐竹本三十六歌仙」の絵も信実の作かとされています。必然的にこの信実が百人一首絵の創始者に擬されるわけです。というのも、一等資料として引用した明月記文暦二年五月二十七日に先立つ五月一日条に、「予、金吾、左京、彼の入道の南面に在り」とあるからです。彼の入道とは前述した蓮生のことです。金吾とは衛門府の唐名ですが、この場合は当時衛門督（えもんのかみ）であった為家を指します。左京は左京職のことですが、これが左京権大夫（さきょうのごんのたいふ）であった信実のことなのです。

信実の父隆信も似せ絵の名手であり、有名な平重盛や源頼朝像などは彼の作かとされています。その隆信の母が美福門院加賀です。加賀は後に俊成と再婚して定家を生んでいるのですから、隆信と定家は父の異なる兄弟ということになります。その縁で親しくしているのでしょうが、この時期に信実が蓮生の嵯峨中院山荘に呼ばれているというのは、たとえそれが表向き連歌の会であっても、内々に似せ絵の依頼があったと見ることは十分可能です。

信実の絵のことは、三条西実隆（内大臣、歌人）の日記である『実隆公記（さねたかこうき）』延徳三年（一四九一）三月二十四日条に、

早朝、宗祇庵に向かふ、是兼日の招引なり、人丸の新像［土佐刑部少輔（ぎょうぶのしょう）光信之を書く、本は信実の真跡也、讃に定家卿自筆の色紙山鳥のおの歌を押す］。

云々（うんぬん）とあります。実隆が宗祇庵を訪ねると、土佐派の絵師土佐光信筆の人丸新像がありました。それは信実絵の模写であり、讃には定家の色紙が付いていたというのです。これを信じれば、信実の似せ絵（人丸）と定家の色紙（「あしびきの」歌）が一対で存していたことになります。なお余談ながら、人丸を含めた古い歌人達については、肖像画を描こうに

も既に故人となって久しいわけですから、参考にすべきものがありません。ですから本人と似ている保証はありません。おそらくかなりデフォルメされていると思われます。また一度歌仙絵ができると、それがお手本とされるので、どうしても類型的な構図の絵にならざるをえないようです。

ですから百人一首の絵にしても、当然先行する三十六歌仙絵と無縁ではありません。ただ絵を重視すると、『時代不同歌合』がぐっと身近になります。何故ならば『時代不同歌合』も作者が百人だからです。歌数ならば一人一首の百人一首と、一人三首の『時代不同歌合』では相当隔たっているのですが、似せ絵を問題にした途端に歌人百人で一致するのです。つまり似せ絵の存在を前提とした場合、両作品の関係はより密接になります。この一首歌仙本であれば、すぐに別本百人一首になるからです。いや両作品というよりも、後鳥羽院と定家という方がわかりやすいでしょう。定家が『時代不同歌合』に対抗して、百人の一首歌仙本を考案したであろうことは前述しましたが、もう一つ『別本八代集秀逸』（天福二年〈＝文暦元年〉九月成立）という注目すべき作品があります。これは後鳥羽院・定家・家隆の三人が、八代集から各十首ずつ秀歌を撰んだものです。おそらくここでも両者の見えざる技量争いが展開しているのではないでしょうか。この二人は立場こそ異なりますが、永遠のライバルなのです。もう一人の家隆が同様に異本百人一首を編んでいたらもっと面白いですね。

ところで似せ絵を重視した場合、百人一首においては二つの問題が生じます。一つは、歌が主ではなくなるということです。どんな立派な装飾紙に染筆しようとも、似せ絵とセットであれば、当然視覚的な絵（歌人）の方が中心になるでしょう。プライドの高い定家はそれを承知していたのでしょうか。また最初から似せ絵を考慮しての撰となると、似せ絵はあくまで作者中心ですから、歌自体の絵画性や内容的な対意識などあまり問題にならなくなります。それだけで百人一首の撰歌意識が大きく変容するわけです。百人一首が作者不詳歌に無理に作者名を付けているのも、似せ絵を描くためのやむをえない処置だったのかもしれません。

もう一点は成立時期にかかわることです。信実に似せ絵を依頼するためには、歌はともかくとして、描くべき人物（作者名）が特定されていなければなりません。もし五月一日に依頼されたとすれば、既にその時点で撰歌作業は終わっていたことになります。そうなると百人一首の成立は、通説よりももう少し早くなります。動機としてはやや弱いようですが、それでも不都合は一切ありません。通説のように五月二十七日に染筆して送ったとすると、似せ絵はその後で描かれたことになります。しかも色紙だけでは作者名が特定できないのですから、似せ絵を依頼するためには、必然的に作者表記入りの目録が要請されることになります。もしそうなら、定家が染筆したのが百人一首にしろ百人秀歌にしろ、歌人を突然変更すれば、それに連動して似せ絵も書き換えなければならないので、絵師は困るはずです。似せ絵と組みで成立したというのであれば、この似せ絵の製作を十分配慮した成立論でなければなりません。百人一首か百人秀歌かで似せ絵が変わるからです。残念なことに織田氏や林氏の謎解きでは、歌仙絵の存在はほとんど問題視されていません。

似せ絵に関しては、以上のような問題が存しているわけですが、面白いことに『応永抄』以降の注釈書では、似せ絵に関して一切言及されていません。頓阿や実隆がコメントしているのですから、二条流が似せ絵の存在を否定していたわけでもないのに、注釈の世界ではそれが無視されているのです。それは似せ絵が定家の権威と無縁だからなのでしょうか。

そのことは形態的な面からも補強できます。「佐竹本三十六歌仙」や『時代不同歌合』は絵巻物形式であり、絵と歌が一体となっているのに対して、百人一首では絵と色紙が分離しています。この違いは結構重要かもしれません。

七、三つの小倉山荘

百人一首は、俗に「小倉」百人一首とも呼ばれています。それ程百人一首と小倉との結びつきは強いのです。しかし百人一首は決して小倉の地で染筆されたわけではありません。また定家の小倉山荘に飾られたものでもないかもしれないのです。

一般に小倉とは、定家の小倉山荘を指しているとされています。頓阿や兼良もそう考えています。ここに大きな落とし穴がありました。明月記が発見される前なら、小倉を定家の山荘としても問題にはなりませんでした。しかし明月記の記事がそれを否定しているのです。というのも、明月記では定家の山荘用ではなく、蓮生の嵯峨中院山荘用の色紙とされているからです。明月記の記事による限り、色紙は蓮生の嵯峨中院山荘に貼られたものでなければなりません。明月記を重視すると、定家の小倉山荘に貼ったとする頓阿や兼良の似せ絵説には疑問が生じるわけです。

しかもその色紙はどうやら小倉山荘ではなく、京都の自邸（一条京極第）で染筆されているようなのです。そうなると百人一首と小倉山荘は、ほとんど無関係ということになりかねません。百人秀歌の発見によって、さらに混乱に拍車がかけられました。というのも百人秀歌の内題に、「嵯峨山庄色紙形」と記されているからです。これを真に受けると、百人一首は小倉山庄色紙和歌で、百人秀歌は嵯峨山庄色紙形と使い分けていることになります。それで全てが合理的に説明できればいいのですが、そんなにうまくいくはずはありません。そもそもこの使い分けでは、蓮生の問題をクリアーできないからです。何故なら、蓮生の山荘が嵯峨中院と呼ばれているのに対して、定家は自分の山荘を嵯峨山荘と称しているからです。つまり定家自身、蓮生の嵯峨山荘・定家の小倉山荘とは使い分けしていないのです。結局のところ、嵯峨山荘も小倉山荘も共に定家の山荘を指しており、単なる別称でしかなかったのです。

　ところで、現在嵯峨野には小倉山荘跡として、時雨亭跡の碑が常寂光寺境内と二尊院内の二ヶ所にあり、また中院町の厭離庵（時雨亭）も想定されています。既に「都名所図絵」にも出ています。「時雨亭」という名称は謡曲「定家」に因むもののようです。紅葉との縁では最適なのですが、どうも茶室のようなイメージですね。それが何故二ヶ所もあるかというと、かつての誤りが現在まで継承されているからです。中院町は蓮生の中院山荘を地名にしているようですから、厭離庵の周辺が嵯峨中院山荘の敷地だったのでしょう。そこを「時雨亭」と称するのは妙ですね。定家の小倉山荘跡地は落柿舎周辺とされているので、常寂光寺や二尊院とは少しズレるかもしれません。ひょっとすると山荘（ロッジ）ということで、単純に山側と考えられたのでしょうか。またややこしいことに、為家は中院大納言と称されており、どうやら蓮生の女婿として山荘を相続しているらしいのです。結局二つの山荘は、ともに定家の子孫にかかわってしまったのです。その後、定家の山荘は人手に渡ってしまい、そのために小倉山荘跡がわからなくなり、混同されて複数登場しているのでしょう。また小倉山荘はいつの間にか時雨亭という茶室風の名称に矮小化されています。これなど定家のあずかり知らぬことでした。

以上、三つの一等資料を中心に検討しながら、百人一首の成立について私見を交えて述べてきました。その結論は至って簡単なものです。要するに百人一首の成立に関しては、まだ定説どころか通説と呼べるものさえないということです。もちろん定家撰については、誰も異を唱えていませんが、具体的な成立状況は霧の中なのです。むしろ新資料が発見されるたびに、従来の説が怪しくなってくる傾向にあります。百人一首の成立は、今もって謎に包まれているといえます。

従来、定家が百人一首を撰定したとされる文暦二年以後、『百人一首抄』の奥書にある応永十三年までの間、空白期間とされてきました。それが最近の研究によって、

・為家自筆模写本（吉田幸一氏蔵）の存在
・為世・尊円親王の書写本の存在
・頓阿の注釈の可能性
・後小松天皇宸筆（前田尊経閣蔵）の存在

などが提示され、一挙にその空白が埋められようとしています。この調子で研究が進めば、百人一首の歴史の穴がうめられるのも夢ではなくなるでしょう。

ただし、こういった資料の信憑性については十分な吟味が必要です。応永十三年満基写という奥書についても別筆説が提示されているのですから、都合のいい資料ほど安易に飛びつかず、より慎重に対処した方がよさそうです。為家本にしても、偽書の可能性が高いし、尊円親王本に至っては、近世の書道手本たる版本からの類推なのです。頓阿の注釈書を含めて、すべてそういうものがあればいいなという願望から捏造(ねつぞう)されたものかもしれません。百人一首の正体は幻想なのです。

第二章　百人一首の流れ

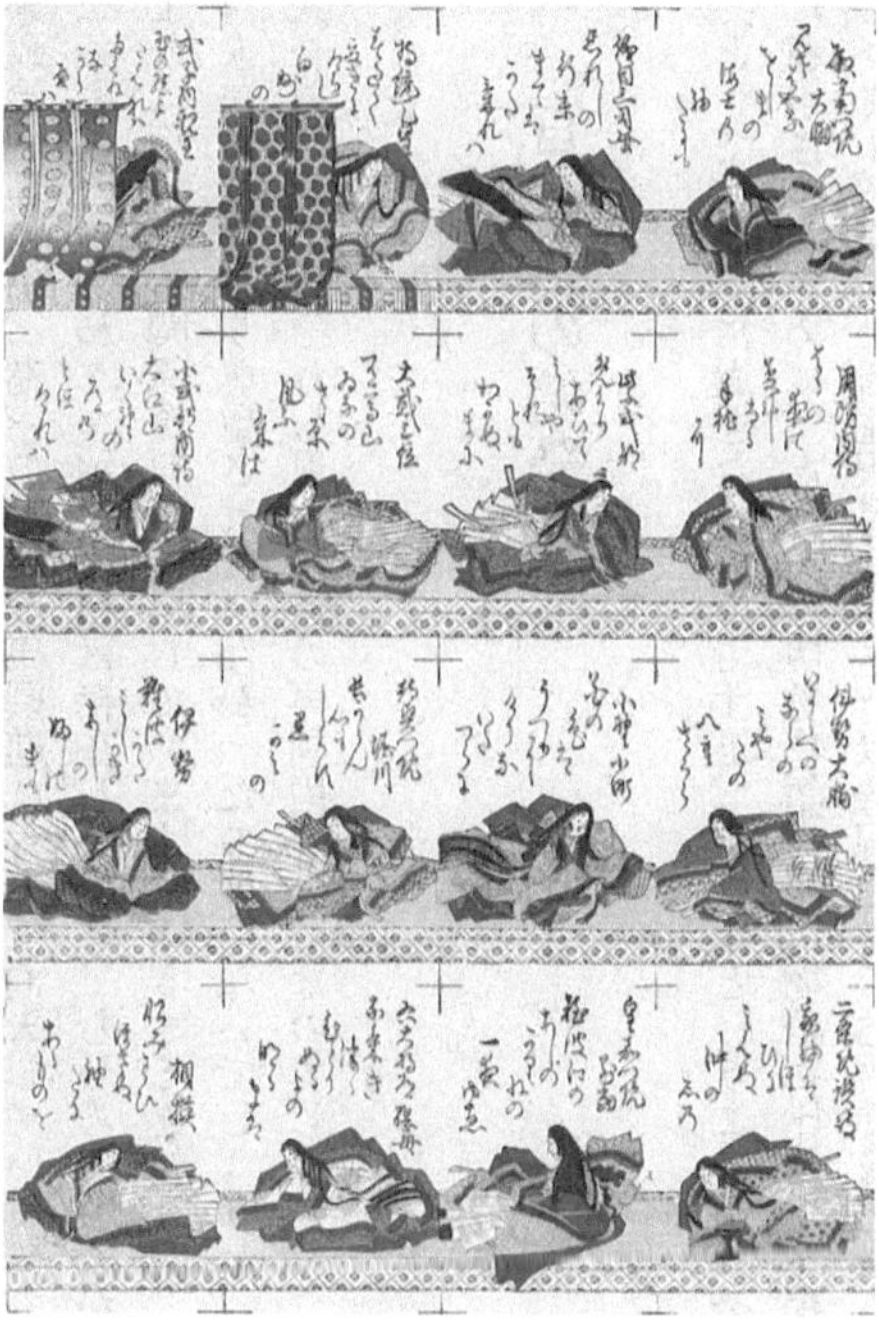

かるた一枚刷（江戸時代）

　ここでは成立以降の流伝史をたどってみます。為家をはじめとする定家の子孫達は、百人一首を後世に伝える努力をしているのでしょうか。その答えは現在のところ否定的です。小倉色紙・百人秀歌以外に、百人一首の流伝状況を知る一等資料が見当たらないからです。百人一首を秘すべき政治的理由は、為家の続後撰集撰進（せんしん）によって消失しているにもかかわらず、それ以降も二条家とのかかわりを示す資料は存在しません。むしろ二条家が断絶した後、堰（せき）を切ったように百人一首関係資料が登場しています。そうすると初期の二条家・冷泉家において、百人一首はあまり尊重されていなかったのではないでしょうか。二条流における突然の百人一首尊重は、それも百人一首の再利用の一つなのでしょう。

一、百人一首注釈の始発

　百人一首は、作品としては小品に過ぎないものですが、定家撰ということが二条流歌道において異常な程に尊重されたために、古今集・伊勢物語・源氏物語に比肩する程の重みを持って享受されています。そのため注釈書も、室町以降現在まで七百種ほど作られています。作品としては軽いのですが、本の総数が多いために大作の質量に匹敵するのです。

しかし鎌倉時代の注釈書は一切報告されていません。百人一首成立から百七十年以上経った応永十三年（一四〇六）の藤原満基（みつもと）書写奥書の「百人一首抄」（宮内庁書陵部蔵）が、現在最古の注釈書とされています。この本は、福井久蔵氏の大著『大日本歌書綜覧』（昭和二年刊）においてはじめて紹介されており、それ以前には存在すら知られていませんでした。従来は『宗祇抄』が最古の注釈書としての地位を独占していたのです。ところが『応永抄』との比較によって、両書の内容がほとんど一致していることがわかりました。それによって百人一首の注釈史は、出発点から大きく修正されざるをえなくなりました。

第一に、『宗祇抄』は文明十年（一四七八）の奥書本が最古だったのですが、それが応永十三年まで一挙に七十二年も遡（さかのぼ）ることになったのです。これは注釈書として最古であるだけでなく、文安二年（一四四五）に書写された堯孝（ぎょうこう）筆百人一首よりもさらに古いわけですから、大変な発見だということになります。しかし福井氏の発見は論文としてではなく、膨大な歌書を集成した『大日本歌書綜覧』の一項目として報告されたため、ほとんど目立たなかったようです。吉沢義則氏が昭和三年に「百人一首の撰者など」（国語国文の研究）で宗祇仮託説を提示されているのも、『応永抄』の存在を知らなかったからでしょう。

『応永抄』の出現は、単に書写年代を遡らせただけではありません。内容が『宗祇抄』の乙類（広本）と同じであったことから、その位置付けが大きく変容しました。従来『宗祇抄』は甲類（略本）と乙類（広本）に二分類され、草稿本的な甲類から乙類へと増補改訂されたと考えられてきました。その改訂された乙類が、七十年以上も前に書写された『応永抄』と一致しているのです。

これを矛盾なく説明するとすれば、宗祇は『宗祇抄』の注釈者ではありえず、継承者の一人として位置付けるしかありません。これで吉沢説は完全に否定されるわけです。甲類から乙類へという改訂説も成り立たず、二通りの伝授（両度聞書（ききがき））が存在していたとして処理せざるをえません。もちろん満基もまた、宗祇同様に継承者の一人と考えられます。ただし最近、『応永抄』の奥書を別筆と見る説が急浮上してきました。そうなると再び宗祇という人物の重要性が増大してくることになります。

もちろん『応永抄』が偽作だとしても、宗祇が東常縁から伝授を受けていることに変わりはありません。実は常縁の先祖である胤行（たねゆき）は、為家の娘を妻としており、二条流の血脈を継承していたと考えられています。おそらくそれに目を付けた宗祇は、常縁から伝授を受けることで、権威付けをねらっているのでしょう。そう考えると、やはり百人一首の権威を最大に利用したのは宗祇だということになります。

参考までに図式を示しておきましょう。

百人一首古抄（某人著）
- 前稿本（甲類）―文明十年本―明応五年本
- 後稿本（乙類）
  - 応永十三年本（満基筆）
  - 祇抄本
  - 延徳二年本―明応七年本
  - 明応二年本

いずれにせよ百人一首の注釈は、満基（みつもと）以前（頓阿が想定されています）にまで遡る可能性もあることになります。

ところでその『応永抄』の序文には、次のようなことが記されています。

> 新古今集の撰、定家卿の心にかなはず。そのゆへは、歌道はいにしへより世をおさめ民をみちびく教誡（きょうかい）のはしたり。然（しかれ）ば、実を根本にして花を枝葉にすべき事なるを、此集ひとえに花をもととして、実をわすれたる集たるにより、本意とおぼさぬなるべし。

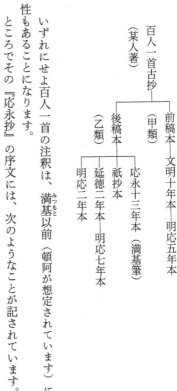

『応永抄』成立の時点では、明月記や百人秀歌の存在は知られていなかったのですから、百人一首撰定の理由は蓮生の依頼とは別に求められなければなりませんでした。それがこ

の新古今集撰定に対する定家の不満と連動した和歌花実論なのです。定家は新古今集の撰者の一人ですが、ちょうど父俊成の服喪中だったので、撰定作業に参加できなかったと考えられています。そこで定家は新勅撰集を単独で撰進し、「十分のうち実は六七分、花三四分」の理想を具現したのです。百人一首はその新勅撰集と同質の撰集方針でした。これは百人秀歌との比較によっても明らかでしょう。百人秀歌から百人一首への改訂は、花を主とする新古今集の減・実を重視する新勅撰集の増（後鳥羽院・順徳院歌を含む）という傾向を示しているからです。

歌道がどうして教誡の端緒なのかわかりにくいかもしれません。しかし百人一首は為政者達に継承されていますし、また撰入されている歌にしても同様です。巻頭の天智天皇歌など、民を哀れむ王道述懐の歌として、政教主義的に解釈されているのです。また巻頭巻末に天皇歌四首が配されているのは、単に平安朝の歴史というのみならず、天皇制讃美でもあったことになります。近世に至って、後陽成・後水尾両院が積極的に百人一首の注釈に参与しているのも、単に平安王朝讃美・追憶という消極的な営為ではなく、百人一首の講釈を通して理世撫民を強調し、天皇制の理想国家を喚起・再認識させようという積極的な意図があったのではないでしょうか。

二、百人一首に古写本はない

　百人一首の写本としては、千本を超える伝本が残っていると思われます。室町期に限っても、優に百本は現存しているようです。このように伝本数が多いことも、自ずから百人一首の人気を証明していることになります。その中で現存最古の写本は、文安二年に書写された堯孝筆百人一首（宮内庁書陵部蔵）です（後小松天皇本は未調査）。堯孝も二条流の一員ですからもっともなことです。しかし百人一首成立からすると、既に二百十年が経過した後でした。その間の百人一首の流伝史は、今のところ未詳と言わざるをえません。むしろ室町期の連歌師達によって、百人一首が過剰な程に尊重されたと言うべきでしょう。特に二条流の根本資料として三部抄が案出されたことと相俟って、百人一首は突然再評価されているのです。

　三部抄というのは、具体的には詠歌大概（付、秀歌体大略）・百人一首・未来記雨中吟の三部（実は五作品）を指します。必ずしも全てが定家の作品ではありませんが、初心者向けの入門用古今伝授として、室町期以降に登場しています。その伝授が二条流（特に連歌師）において三種の神器的に重視されたこと、また三部抄に百人一首が含まれていることによって相乗効果をもたらし、その結果百人一首がたくさん書写されているのです。

そんなわけで、百人一首の歴史における三部抄の存在は非常に重要なのですが、残念なことにそれが後世の産物だということもあって、和歌文学における研究はもとより、百人一首の研究でもほとんど注目されていません。しかしながら現存する百人一首古写本の何割かは、間違いなく三部抄の一部（連れ）なのです。最初にあげた百人一首最古の写本である堯孝筆本からして、詠歌大概・秀歌体大略と一緒に書写されたものです。最古の写本が単独の百人一首でないことは注目に値します。

その三部抄は、必ずしも完全な揃いで享受されているわけではなく、それ以外に新たに二つの三部抄を形成しています。もともと三部抄は、三部とはいいながら内実は五部でした。そのため百人一首を核として、詠歌大概・秀歌体大略と合わさって三部となるもの、また未来記・雨中吟とセットになって三部になるものが少なくありません（稀には百人一首が抜けているものもあります）。特に詠歌大概・秀歌体大略と合綴される場合、必ずしも書名に百人一首とは表記されませんから、今後三部抄の研究が進展すれば、今まで知られていなかった百人一首が相当数報告されることになるでしょう。前述のように百人一首最古の古写本とされている堯孝筆本も三部抄なのですから。

なお、これまで百人一首の諸本分類に関する研究はありませんでした。それは百人一首に異本と称すべきものなど存しないと考えられていたからです。しかしながら百人秀歌を百人一首の草稿本と見ると、それだけで二系統に分類されることになります。それに中間本的な異本（百人秀歌型配列異本百人一首）が新しく加わったのですから、少なくとも三系統に分類することができるわけです（特徴的な本文異同もいくつか存しています）。

もっとも伝本の分布は、圧倒的に百人一首が多く、写本・版本・注釈書それぞれ千点以上現存しているようです。それに対して百人秀歌は、今のところ写本四本しか報告されていません（版本及び注釈書なし）。異本は、数十本の伝本が報告されています。特に興味深いのは、古活字本に存すること、また三部抄所収本に多いこと、わずかながらも注釈書があることです。平成二年に発見されたばかりですから、百人一首の写本が洗い直されれば、もっとたくさんの伝本が見つかるのではないでしょうか。

三、為家筆百人一首はあるか

後鳥羽院・順徳院という作者表記は、定家以外の後人の改訂とせざるをえませんが、では一体誰の仕業なのでしょうか。そこで必然的に浮上してくるのが、息子の為家なのです。為家は定家の後継者であり、また蓮生の女婿として、明月記にもしばしば顔を出していました。百人一首成立の経緯を最も熟知していたのは、この為家だと思われます。『応永抄』の序文に「為家卿の世に人あまねくしる事にはなれるとぞ」と示唆されているのは、為家が続後撰集に後鳥羽院・順徳院の歌を撰入している事を意識してのことでしょう。続後撰集の撰進は建長三年（一二五一）のことでした。既に順徳院崩御後ということもあって、この折には承久の乱の首謀者として流された後鳥羽院・土御門院・順徳院の歌を撰入してもクレームはつかなかったようです。かつて定家に切り出しを命じた藤原（九条）道家も、翌建長四年には死去しています。いずれにせよ百人一首巻末の二首は、為家の続後撰集に入集されたことによって、遅蒔（おそま）きながら勅撰集入集歌となったわけです。勅撰集に撰入されたのですから、もはや秘密にする必要はありません。

その続後撰集の作者表記は、百人一首と同じく後鳥羽院・順徳院となっています。この為家ならば、百人一首の作者表記を勅撰集に合わせて改訂することなど朝飯前でしょう。あるいはちょっとの操作ではなく、作者表記を有する目録形の百人一首を成書したのも、他ならぬこの為家かもしれません。そのことは『米沢抄（よねざわしょう）』（室町中期頃成立）の序文に、

> 定家のわたくしの家色紙にかきをされけるを、子息為家百人一首と名を書きて世上に披露也。

と記されています。また時代は下りますが、『白石先生紳書』（宝永頃成立）には、「凡(およそ)世に云小倉山の色紙と云は、定家卿の筆跡とは見えず。為家の書に似たり」とあって、小倉色紙までもが為家筆とされています。さらに臼田葉山講釈・内山逸峰聞書の『小倉和歌百首註尺』（享保頃成立）の序文には、

> この聞書といふは、二十ヶ年以前、仙洞様勢州御法楽の千首興行の折から、中院殿に為家卿の小倉百首抄ありけれども、ことの外かすかにしてしれがたきゆへ、為家の抄をもととして、五家の歌所の衆中と御詮議の上、定りたる御抄是ある由なれども世に行れず。

と出ています。この序文を信じれば、為家の『小倉百首抄』（注釈書）まで存在していたことになります。しかし『古今為家抄』の例があるように、権威付けのために捏造されたものかもしれません。真偽の程はともかく、百人一首における為家の存在の重要性はこういった資料からも察せられるのです。

百人一首の成立・流伝に関しては、もっと為家の関与ということを考慮すべきでしょう。私は、作者表記改訂という消極的な評価ではなく、定家と為家による親子合作として積極的に考えています。源氏物語にしても宇治十帖を大弐三位(だいにのさんみ)の作として、紫式部と大弐三位

の母娘合作説がまことしやかに唱えられているのですから、合作ということは必ずしも奇妙な考えではないはずです。

前置きはそれくらいにして、肝心の為家筆百人一首について考えてみましょう。本居宣長門流の石原正明は、その著『百人一首（新）抄』（享和四年成立）の跋文において、

> 森政太郎殿の家につたはれる為家卿真蹟の本の模を、屋代太郎弘賢主よりかりえて見しに、めでたき事いはんかたなし。正明古き筆の跡を鑑定むるわざはもとよりうとけれど、さばかりの物はいとけしきことにて、さらさら疑べき事にあらず。

と、為家筆本の模本の存在を明記しています。また神原文庫本蔵の新抄初版本には、

> 本書は、森政太郎（幕府右筆、名尹祥）蔵為家卿自筆本の模本を底本としたること跋文に見ゆ。然るに此本旧蔵者黒川真頼氏、此の原本なる為家卿自筆本を得て対照したるに、誤あるを発見し、朱書校正を為したるものなり。又此本は、右底本を著者に提供したる屋代弘賢翁（不忍文庫）旧蔵本也。

という一文が付箋で貼られています。神原文庫本は、屋代弘賢から黒川真頼（ともに国学

者）の手に渡り、その真頼が後に為家自筆本を見て、本文の誤りを朱筆で訂正したというわけです。そうすると、真頼の時代まで為家自筆の百人一首が存在していたことになりますが、どうでしょうか。

この為家自筆本については、もう一人藤井高尚（国学者）も『松の落葉』（文政十二年刊）の中で、

> 文暦のころ、定家の中納言のかきたまへる嵯峨ノ中院障子の色紙形の百首の歌を、為家卿のはじめてうつしかきたまへるさうしを、江戸にもたる人あり。屋代弘賢のそれをすきうつしといふものにして見せられしに、今の世につたはるとは、歌のもじのことなるところあり。そのことなるかぎりは、紀貫之の歌ふるさとの、大中臣（おおなかしみのよしのぶ）能宣の歌よるはもえて、伊勢大輔の歌けふは九重に、良暹（りょうぜん）法師の歌ながむれど、源ノ俊頼の歌山おろしよ、崇徳院の御歌われてすゑにも、前大僧正慈円（じえん）の歌わがたつ杣（そま）のなどなり。

と述べているので、複数の歴史的証言者がいることになります。なお、為家自筆本には紀貫之以下七首の歌に大きな本文異同があったようです。

ところでこの屋代弘賢の影写本は、吉田幸一氏が平成十一年に笠間書院から影印で刊行されました。これで為家筆本は幻ではなくなったのですが、いかんせん模写本ですから、

安易に一等資料とするわけにはいきません。こういったことは慎重すぎる程慎重に検討した方がいいのです。

四、百人一首古版本の誕生

写本は、書写されるたびに新たに誕生します。百人一首の写本が千本以上現存しているということは、過去において千人以上の人達が、それぞれの時代それぞれの場所で百人一首書写作業を営んできたからです（一人で何度も書写している場合もあります）。その数値は驚異的なものですが、しかしそれでも広範な流布はできません。百人一首が階層や地域を超えて日本全国に浸透するためには、どうしても出版文化に頼らなければなりませんでした。

それは近世初期の古活字本という形態でスタートしました。百人一首の成立からは既に三百五十年以上経過しています。古活字本は本阿弥光悦の文化事業であり、一般には光悦の居住地にちなんで嵯峨本という名で知られています。百人一首にも、光悦本と称されている古活字本があります（慶長頃刊）。これは光悦の字を版下にしたもので、絵のない本文だけの本でした。もともとそんなに大量に出版されるものではないので数点しか現存していませんが、その中には百人秀歌型配列の異本百人一首も含まれています。古活字本が二種出版された理由はわかりませんが、おそらく光悦は異本百人一首の存在に気付いていたのでしょう。

その光悦工房に出入りしていた角倉素庵(すみのくらそあん)によって、元和・寛永頃に最初の歌仙絵入り版本が出版されています。その歌仙絵は三十六歌仙絵の模倣なのでしょうが、百人一首絵入り版本の嚆矢(こうし)として、以後の歌仙絵の規範となっています。光悦本は当初から美術品だったので、かなり高価だったと思われます。素庵本も決して大衆向けではなかったでしょうが、比較的人気があったらしく、後に模刻本も出版されています。

百人一首出版の目的としては、単に文学作品の愛好にとどまらず、書道手本として活用された節があります。光悦は寛永三筆の一人ですし、素庵本にしても本文は光悦筆に類似したものです。その他にも『尊円流(そんえんりゅう)百人一首』(慶安三年刊)、『式部卿百人一首』(承応二年刊)など、書家の手になる百人一首が京都でしばしば刊行されています。筆者未詳ですが散らし書きになったもの(寛永頃刊)は、やはり書道手本の仲間でしょう。これらは一面一首の色紙形冊子がほとんどです。

こうして徐々に出版点数が増加してくると、その累計はかなりの数になります。古活字本の場合は、一度に数十点しか刷られなかったかもしれませんが、整版ですと数百でしょうから、それが何度か再版されれば、写本の千本という数字など軽くオーバーしてしまいます。それが広範に世上に出回るわけですから、まさに百人一首の大衆化が進むことになります。そうなると単に本文と絵だけでは物足りなくなり、ついに『万宝頭書百人一首大成』（万治三年刊）という簡単な注釈・解釈が頭書に付いた本も登場します。

その次に求められたのが歌の意味を絵にしたもので、寛文頃の出版目録にある『百人一首顕図』は「歌の心を絵に記」したものです。その極めつきは『百人一首像讃抄』（延宝六年刊）でしょう。角書に「賢容絵入伝記系譜歌之顕図」とあるように、本文と歌仙絵以外に作者伝記・系図、注釈及び歌意図など盛りだくさんの本です。その絵は江戸の絵師菱川師宣が担当しているのですが、その斬新なスタイルが成功したのか爆発的な人気を博しており、しばしば版を重ねたばかりか、無断で模倣した版まで登場しています。

元禄期に至ると、小袖の図案に百人一首が組み込まれ、『雛形百人一首』（元禄元年刊）などの図案集が出版されています。これも百人一首再利用の一種でしょう。また同時期には往来物との接触も生じており、他作品との合体化が行われています。『伊勢物語大成』（元禄十年刊）は、伊勢物語の頭書に百人一首絵抄が配されたものです。『七宝百人一首』（元禄十一年刊）など下段に百人一首、中段に伊勢物語、上段に女今川等が配された三層式になっており、女子用往来（教科書タイプ）と合体した初期の作品と言えます。

これ以降、百人一首の撰者が誰であるとか、百人一首の主題が何であるとかは不問に付され、庶民の手頃なお手本（教科書）として百人一首が再活用されることになります。そのため作者表記を含めて、漢字に総ルビが施され、仮名さえ読めれば楽しめるようなお手軽な仕様になっています。

最後に、冊子体百人一首の形態的特徴を押さえておきましょう。

①百人一首本文のみ
②作者絵入り百人一首
③頭書付き百人一首
④頭書百人一首
⑤合綴本百人一首

最も古くてオーソドックスな形は本文のみの①です。これは一面一首の色紙型と連続する歌集（目録）型に分けられます。一般的な写本、また絵のない版本（書道手本）はこれに属します。もちろん目録型と色紙型の違いはあります。続いてその色紙型に歌仙絵が挿入された②も少なくありません。この二種は、いわば純粋な百人一首といえます。次に、それらの百人一首に頭書が付いた③があげられます。版本ではこの形態が最も多いのですが、その中味は必ずしも単純ではなく、頭書の内容によってさらに二分類しておく必要があります。一つは頭書が百人一首の作者伝及び歌意図のものです。もう一つは頭書が百人一首と全く無縁のもの（女今川・女大学等、女子用往来が多い）です。その反対に百人一首が頭書になっている④もあります。これらの発展・複合した⑤は、近世後期の女子用往来と合綴した大厚本の類です。

五、女子用往来への道

ここで試みに『国書総目録』（岩波書店）をひもといてみると、百人一首には「和歌」「歌学」という分類が施されています。それ以外に、「教訓」「書道」「往来物」となっているものもあります。百人一首は啓蒙（けいもう）・教養の書であり、また書道手本ですから、寺子屋の教科書にもなるのでしょう（これも再利用の好例）。

では百人一首は往来物（教科書）なのでしょうか。従来、百人一首を往来物とする見方は皆無でした。ところが最近、百人一首を女子用往来の一種と見るような風潮が定着しつつあります。というのも、百人一首版本には本文の上に別の情報を入れた頭書（かしらがき）本・別の作品とくっつけた合綴本が多いからです。そういった百人一首を往来物としたら、それだけで往来物の総数はたちまち倍増することになります。面白いことに百人一首は、女子用往来との結び付きは強固なのですが、男性用の一般的な往来物と合綴されることはほとんどありません。要するに百人一首は、往来物ではなく女子用往来なのです。ここにも百人一首再利用の顕著な特徴（女子教育用）が認められます。

そのことは書名にも表れています。たとえば、

『女教訓色紙文庫』・『女遊学操鑑』・『女要世宝袋』・『女徳百人一首ます鑑』・『女万葉花月台』・『女文宝智恵鑑』・『女文選料紙箱』・『女訓玉文庫』

のように、ことさらに女を強調したものが少なくありません（儒教的な観念から、「操（みさお）」・「躾（しつけ）」という語も用いられています）。

こういった表紙の書誌情報からだけでも、百人一首がいかに女子教育に活用されているかが理解されるでしょう。この状況を一覧すると、元禄頃までは単なる百人一首ではなく、かなりの知識人（男）を対象とした比較的分量の多い注釈書の刊行が主流だったようです。ところが享保頃から対象者のレベルダウンが行われ、百人一首注釈の簡素化（略注）と並行して絵本仕立て（ビジュアル版）となり、百人一首の出版数が徐々に増加し始めます。それが宝暦・明和頃になると、まさに爆発的に急増しているのです。この現象こそ、百人

一首が女子用往来の一種として確立するポイントなのではないでしょうか。もちろんその背景に、和歌（特に恋歌）がある階層以上の女性達にとって、必須の文学教養であったことも重要でしょう。女性のための教養は結婚に凝縮されていたわけですから、

『寿百人一首教鏡』・『婚礼百人一首千年松』・『千歳百人女用庫』

といった祝儀関係語の使用も目立ちます。表紙にめでたい鶴亀・松などをデザインしたものも少なくありません。これらは嫁入り本の性格を多分に有しているのでしょう。

百人一首の版本が近世中期以降急激に増加したのは、それが女子教育の基本テキストとされたからです。これはかつて二条流において八代集のエッセンスとして尊重されたことの繰り返しですが、対象者が貴族から武士・町人に移行したことと相俟って、男性から女性へと享受者の性が変容していることも見逃せません（百人一首はジェンダー論の資料にもなるのです）。私はこういった百人一首の流行が、近世における女性の識字率向上に、大きな役割を果たしているのではないかとひそかに考えています。

六、百人一首かるたの謎

かるた遊びは正月の風物詩として、日本文化と切っても切り離せないものです。しかしながら、かるたの歴史は意外にわかっていません。そもそも正月との結び付きからして、必ずしも明確な理由があるわけではないのです（最大の理由は休みだから）。江戸中期以降、書き初め・読書初めなどが女子の教育と結び付き、次第に正月に固定されていったらしいのです。ただし明治期においても正月に限定されてはおらず、競技会も自由に行われていました。あるいは尾崎紅葉の『金色夜叉（こんじきやしゃ）』（明治三十年発表）の流行が、かるたと正月の結び付きに拍車をかけたのかもしれません。俳句の季語に取り上げられたのも、明治後期になってからのことでした。

百人一首かるたの成立

かるた（カード＝トランプ）は本来ポルトガル語であり、日本には賭博（とばく）用の『南蛮かるた』として伝来・普及しています。天正年間には、九州三池（みいけ）で初の国産品が木版製造され、天正かるた（四十八枚揃）として特に武家の間で流布したようです。それを記念して三池には大牟田市立カルタ記念館（現在は「三池カルタ・歴史資料館」）が設立されています。

一方、日本には古くから貝覆（かいおおい）・歌貝という優雅な遊びがありました（有名な「貝合せ」は全く別の遊びです）。貝覆に関しては『徒然草』の一七一段に、

貝をおほふ人の、我が前なるをばおきて、よそを見わたして、人の袖のかげ、膝の下まで目をくばる間に、前なるをば人におほはれぬ。よくおほふ人は、余所までわりなく取るとは見えずして、近きばかりおほふやうなれど、多くおほふなり。


という教訓めいた記事が出ています。

これが後に賭博かるたと接触・融合して「絵合かるた」が誕生しました。そこから次に古今集・伊勢物語・源氏物語・三十六歌仙・自讃歌・新古今集などの歌かるたが誕生したと言われています。最初はそれを伊勢物語六十九段（伊勢斎宮譚（たん））の故事にちなんで「ついまつ」と呼び、賭博かるたと区別していたようですが、いつしか歌かるたという名として定着してしまったのです（ただし賭博かるたは「打つと」言い、歌かるたは「取る」と言います）。もっとも賭博かるたが四枚一組であるのに対して、貝覆は二枚一組ですから全く異なります。また貝覆は裏返しに伏せて中を見ないで遊ぶわけですから、上の句と下の句に分けて歌を見つける歌かるたとも基本的に構造が大きく相違しています。しかも、内

側に歌が書かれた古い貝覆は現存しません。たとえ貝があったとしても、それはゲームには一切かかわらないものです。もちろん歌を読み上げるということもありませんでした。ですから歌かるたの成立はそう簡単には説明できないのです。これは歌かるた成立神話です。むしろ日本古来の色紙から成立したと考える方がよさそうです。

貝から紙への移行が、歌かるた誕生の大きな要因ではないでしょうか。現存する貝源氏歌かるたなど、貝の上部に歌が書かれています。その貝が歌仙絵に変われば、それでもう歌かるたとなるわけです。もしそうなら、貝覆に源氏絵が描かれていたことから、枚数の少ない「源氏かるた」が最も早く成立したことになります。

肝心の百人一首歌かるたは、近世初期に成立したとされています。それは素庵本などの歌仙絵入り版本のバリエーションなのでしょう。寛文頃には高価な肉筆かるたが出回っています。貴族や大名の嫁入り道具の一つに定着してからは、商売としても確立したようで、『京羽二重(きょうはぶたえ)』(貞享二年刊)には「かるた所」が出ています。しかし一般に広く流布するためには、版彩色の比較的安価な大量製造かるたの出現を待たなければなりません。それが元禄頃であり、『人倫訓蒙図彙(じんりんきんもうずい)五』(元禄三年刊)には「歌かるた寺町通二条の上ひいなやにあり」とかるた屋が登場しています。また『壺の石ぶみ』(元禄十一年刊)に「歌骨牌(かるた)といへば当時百人一首に限りたる」とあることによって、その流行が察せられます。版彩色になったことで、古今集かるたや源氏物語かるたなどを圧倒し、かるたと言えば百人一首を指すに至ったのです。ビジュアルで遊び感覚のかるたとの融合こそは、百人一首を国民の文化にまで昇華させることに大きな役割を担っているのです。肉筆から版彩色に展開したことこそは、百人一首かるたが流布した大きな要因となっていると言えます。

そのかるたは、

①絵なしかるた
②絵入りかるた

の二つに大別できます。また②はさらに細かく、

A肉筆かるた
B版彩色かるた

に分けられます。肉筆から版彩色に移ったことで、かるたの流布に拍車がかかりました。版彩色の場合、一首ずつ刷っていたのでは手間も時間もかかるので、一枚の版木に二十五首（五×五）というのが一般的でした。そうすると絵札四枚・字札四枚・計八枚の版面（両面なら四枚）でかるた一セット（二百枚）ができるわけです。それを裁断してかるたを

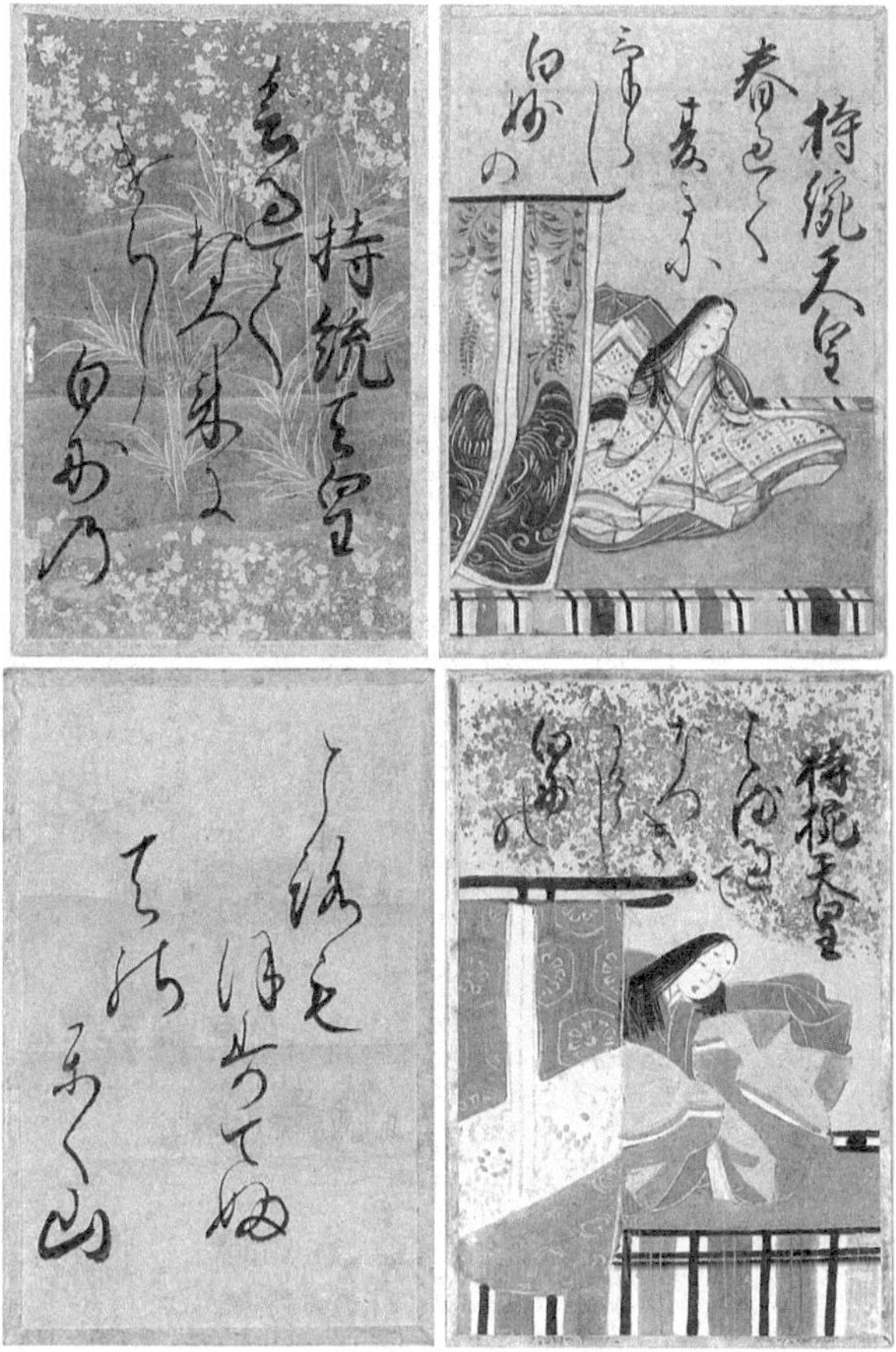

右上／肉筆絵入り　左上・左下／絵なし　右下／版彩色

作成するのですが、近世後期から明治初期にかけては、未裁断の一枚刷り錦絵かるたが、土産物としてもたくさん売られていたようです。

さてかるたというと、すぐに競技を思い浮かべますが、最初からそうだったわけではありません。古いかるたを見ると、現在のような読札（絵札）・取札（字札）ではなく、上の句札・下の句札になっているからです。つまり本来は貝覆がそうであったように、歌を暗記するために考案された、いわば暗記カードのようなものだったのです。昔の高貴なお姫様は、スピードを競ったり、人と取り合うような野蛮なゲームはしなかったのです。ですから十二単衣のかるた取りなど幻想にすぎません。当初は歌を読みあげることもなかったようです。どうやら上句を読んで下句を取るという理知的な競技は、世界的に見ても珍しいゲームのようです。その意味でも、かるたの成立と同じように、読み手の出現も重要になってきます。

時代が下ってくると、大奥や遊廓などの教養として百人一首が用いられるようになり、ついには庶民の教育的遊戯具として定着してきます。その場合、百人一首を暗記していないと、上の句札だけでは下の句まで読めません。そこで初心者のために小型の百人一首版本（添本）が付けられたようです。そして幕末・明治期に至ると、歌を暗記していない人も遊べるようにという教育的配慮から、読札の方に上の句だけでなく、下の句までも付けられるようになるのです。大まかな見分け方としては、読札に上の句だけしかないものが明治以前で、一首全部あるのが明治以後のかるたということになります。

もっとも一首の歌を書いた色紙なら、かなり古くから存在していました。また貝覆は対であることがわかるように、同じ絵を内側に描いています。そうなると一首の歌を分断して、上の句と下の句の二枚にされた時が歌かるたの誕生だったことになります。そしてさらに下の句の重複を我慢して読札ができた時、真の大衆化が具現したのです。

百人一首かるた絵の成立

山口吉郎兵衛氏（かるたコレクター）の説によれば、『歓遊桑（棄）話』（宝暦頃刊）という本に、「中院通村公、小倉色紙歌合せ賀留多、中立売麩屋何某に命じて作らせ」とあることから、百人一首かるたの創始者を中院通村（歌人）と規定しておられます（『うんすんかるた』私家版）。もちろんこれは一つの仮説にすぎませんが、通村はそれ以前に天正かるたを作成させており（宮武外骨『賭博史』参照）、また百人一首の二条流注釈書ともかかわりがある人物なので、あながち的外れな説ではなさそうです。少なくとも京都が百人一首かるた発祥の地であることは動かないでしょう。

もしそうなら、通村は承応二年（一六五三）に没していますから、百人一首かるたは、承応までには成立したことになります。ただし「小倉色紙歌合せ賀留多」は、その表記からして一般的な絵入りかるたではなく、絵のない本文だけの色紙型かるた（上の句札と下の句札）と思われます。絵のないかるたも存しているのですから、最初から歌仙絵を伴っているとする必要はないのです。その意味では、現存最古（元和頃）とされている道勝法親王筆かるた（滴翠美術館蔵）の成立も、もっと時代を下げた方が無難かと思います。

そもそも百人一首かるたの絵は、鎌倉期以降の三十六歌仙絵の流行の中で醸成されたものでしょう。おそらくその影響を受けて、近世初期の歌仙絵入百人一首版本が誕生したと推測できます。現在のところ、かるたの歌仙絵は素庵本を手本としてほぼ定型化していると考えられています。右手をかざした猿丸大夫像などはその典型です。その後のかるたと比較すると、左右を反対にするなどの変形はあっても、あまりオリジナリティは認められません。なお、美術品的な光琳（こうりん）かるたでは、歌仙絵だけでなく下の句札にも歌意図（かいず）が描かれています。

これは同時代に刊行されている頭書歌意図入り版本の構成と一脈通じていると思われますが、こういったかるたは決してたくさん製作されているわけではありません。ただし浮世絵や双六（すごろく）には流れていますし、版本やかるたの中には歌仙絵の畳のスペースに歌意図を入れ込んだものもあります。面白いアイデアですね。

七、競技用かるたの成立と問題点

かるた取りが盛んになると、変体仮名の取り札は、たとえば東京製と京都製では字体や色・大きさが相違するので、全国的な競技には不平等が生じてしまいます。かるたのように瞬時の判断を必要とする競技においては、歌の読み方はもちろんのこと、使用かるたの規格が統一されていなければ、条件が不平等になってしまいます（ルールの統一も重要です）。

もともとかるたは京都が本場でした。現在でも京都には大石天狗堂・山内任天堂・田村将軍堂などのかるた製造業者があります（本来は花札が主）。その製造元毎に、微妙に規格や本文のレイアウトが異なるわけです。もちろん東京でもかるたは製造されていますから、東京のかるたを使えば東京の選手が有利だし、京都のかるたであれば京都の選手が有利になります。私的なかるた取りや地方レベルの大会ですと、さほど大きな支障は生じないでしょうが、それが全国規模の大会ともなると、ゆゆしい問題となりかねません。

そこで規格を統一した競技用かるたが要請されるわけです。これはちょうど文部省が明治三十三年に小学校令を施行し、仮名及び仮名遣いを統一したところだったので、それに便乗したものでもありました。最初にこの統一に踏み切ったのが、萬朝報の黒岩涙香が主宰する東京かるた会でした。明治三十七年に総平仮名三行書きの活字印刷による競技用標準かるたが発行され、第一回の競技会を同年二月十一日に日本橋常盤木倶楽部で行っています。ですから『金色夜叉』のかるた会は、まだ変体仮名のかるたを使用していたはずです。

さて標準かるたは、東京の新橋堂の独占販売でした。また統一が東京という名で行われたため、必ずしも全国統一はできていません（東京の方が有利でもありました）。特に関西では、関西独自の競技会が行われていたようです（囲碁や将棋の世界と似たようなものです）。それにしてもかるた札の統一・ルールの制定・全国大会の開催と、涙香が近代かるた競技において果たした役割は大きなものでした。

面白いことに、江戸時代以降、百人一首は女性の教養でした。その延長として、かるた取りが男女交際の場になっているのです。ところがそれがひとたび競技となると、今度は女性は排斥され、完全に男の社交の場となっています（女性の名が見えるのは昭和に入ってからです）。その最大の理由は大学に女子が進学できなかったことでした。ですから、一般的なかるた取りとかるた競技は根本的に分けて考えた方がいいかもしれません。

さら大正十四年には、その標準かるたが微妙に改訂され、名も公定かるたと改められました。改訂の経緯に関して、東京かるた会編『百人一首かるたの話』（東京図案印刷）に

は、

初期以来「標準かるた」の発行所として全国に知られ、斯界につくせし功績の頗る偉大なりし新橋堂（野村鈴助氏）と都合上手を切る事となり、之まで用ゐ来つたかるた札を改造（歌詞の誤謬を正し、変体仮名の混入を避け、字体を正しく肉太にし、裏紙を緑色としたる等）し新たに「公定かるた」の名称を附し東京図案印刷株式会社より萬朝報社競技部及東京かるた会の名のもとに発行する事となつた。

とあります。具体的にどの部分が誤謬で、どのように改訂されたのかは公定かるたの箱に同封されたパンフレットに提示されています。その公定かるたを使用しての最初の競技会は、同年十月四日に行われました。かつての発売元新橋堂との間に何かあったのでしょうか。新橋堂はそれからしばらくの間、独自に東京かるた界という名で標準かるたや競技法の販売を続けています。

その公定かるたにしても、決して完全なものではありませんでした。そこで昭和六年には、

むべやまかぜを　→　うべやまかぜを

けふこのへに　↓　けふはここのへに

と本文が改訂されています。「けふは」の「は」はむしろ余計なように思われますが、これは為家本の本文と一致するものです。発売元も東京図案印刷以外に精文館も加わっています。ついでながらこれらの競技かるたは、実用優先ということで読札に歌仙絵などはついていません。ですから競技用かるたでは坊主めくりはできないのです。

第二次世界大戦中の閉塞期を経て、戦後は再び全国的な活動が行われているようです。現在では、かるた競技人口五万人とも十万人とも言われています（ただし正会員は二千人程度）が、その頂点は名人（男性）とクイーン（女性）です。これは毎年正月に、天智天皇ゆかりの近江神宮で行われています。その模様はテレビでも放映されているので、技術の高さに驚かれた方も多いと思います。A級（四段）の選手は、〇・何秒という信じられない速さで札に反応します。これはもう立派なスポーツです。

ところで、その全日本かるた協会（会長松川英夫氏）が正式に社団法人となったのは、驚くなかれ平成八年八月二十六日のことでした。これほど著名な団体ですからまさかと思ったのですが、実は長い間愛好家の任意団体に過ぎなかったのです。その歴史は東京中心の東京かるた会から始まりました。それが全国的な大日本かるた協会（理事長伊藤秀吉）へと発展したのは昭和九年のことです。さらに第二次世界大戦直後の昭和二十一年に、京都中心の西日本かるた連盟（理事長西田直次郎）と東京中心の日本かるた協会（会長伊藤秀吉）が発足しています。両会による全国統一・名人戦開催が模索され、昭和二十五年には東京に東日本かるた連盟が結成されました。念願の名人戦は昭和二十七年一月に東西対決の形で行われ、京都の鈴山透氏が圧倒的な強さで第一期名人となりました。それを契機として同年五月には東西を合わせた全日本かるた連盟が設立され、事実上の全国統一がなされたのです。

ちょうどそのころ、文部省による現代仮名遣いが奨励されていました。それに東京かるた会が便乗し、新制かるた（現代仮名遣い）を東京図案印刷から発行しています。この新制かるた使用をめぐって、東西のかるた連盟が激しく対立しました。それが名人戦使用札問題にまで発展したのです。京都の鈴山名人を中心とする反対派に対抗するために、東京かるた会は新たに新名人戦を企画し、新名人戦再建連盟（全国かるた競技連盟）を立ちあげました。昭和二十九年に全国かるた連盟は解散となり、鈴山氏の名人位消滅の声明が出されます。その上で改めて全日本かるた協会（会長伊藤秀吉）が発足し、昭和三十年一月に新名人戦が行われ、正木一郎氏が第一期名人となりました。

一方、旧仮名遣い札の正当性を主張し続けたために排除された京都側は、昭和二十九年に日本かるた院を結成し、また日本かるた連盟（会長愛知揆一）を発足させ、三十年二月にやはり名人戦を開催し、鈴山氏が名人位を防衛しています。つまり昭和三十年には別々に二度の名人戦が行われ、二人の名人が並立したわけです。面白いことに、問題の新制かるたはその後早々と姿を消してしまい、何事もなかったかのように歴史的仮名遣いかるたが使用されています（現在では大石天狗堂製にほぼ統一されています）。そのため昭和三十二年には、日本かるた連盟も全日本かるた協会に合併され、真の全国統一がなされました。ただし日本かるた院は存続し、現在も京都で活動を続けています。全日本かるた協会はこういった複雑な事情の中で設立され、今日に至っているのです。

かるた競技会を通して、百人一首が広範に人々に浸透したのは喜ばしいのですが、そのために競技優先の本文改訂が行われたのも事実です。もっとも競技用かるたにしても、それなりに改訂されてきました。明治三十七年の標準かるた（新橋堂）が公定かるた（東京図案印刷）へ改訂され、その公定かるたも訂正が加えられつつ、発売元が精文館に移っています。ところが東京図案が新制かるたを作成しているのですが、同時に公定かるたも継承していました。ところが東西紛争の中で、いつの間にか正式なかるたが不在になってしまったようです。既に精文館もかるた製造から撤退してしまいました。

さて百人一首に限らず、和歌には本文異同がつきものです。そのことは百人一首にある万葉集歌を見れば一目瞭然《りょうぜん》でしょう。もちろん時代による変遷だけでなく、推敲《すいこう》による相違もあります。百人一首の場合、現行のかるたの本文を小倉色紙や百人一首の古写本と比較すると、「山おろしよ」か「山おろし」かなど、一割以上の歌に異同があります。どちらが正しいのか、なかなか決定しがたいこともあります。また清濁（「わたのはら」か「わだのはら」か、「ちはやふる」か「ちはやぶる」か）や発音と表記の問題（「うべ」か「むべ」か）もあります。

そういった本文異同が存するにもかかわらず、ただ競技会の権威や便宜だけで本文を統一するのはいかがでしょうか。しかも大半の百人一首解説書類が、本の売れ行きを気にかけて、せっかく古写本を底本にしながらも、本文異同の箇所を競技用かるたによって改訂しているとしたらどうでしょう。中学や高校の副読本でさえも、安易にかるた本文を踏襲しているのが現状です。それで文部科学省の検定が通るのですから言語道断です。

競技かるたに対する懸念は、句切れにもあります。もともと歌には初句切れもあれば、二句切れ・三句切れもあるし、中には句切れのない歌もあります。それによって時代的な傾向や歌集の特性も論じられています。その意味で、句切れは歌にとって重要な要素なのです。それがかるたとなると、否応（いやおう）なしに上句・下句に引き裂かれてしまいます。言い換えれば、百首の歌全てが三句切れになってしまうのです。特に競技の場合は、上句を読んで下句を取るわけですから、その傾向が一層強くなります。最初から競技用に三句切れの歌ばかりが集められていれば問題ないのですが、百人一首は必ずしも三句切れの歌を集めるという編集方針ではありません。むしろ三句切れでない歌がたくさんありますから、そうなると初句切れや二句切れの歌は困ってしまいます。

俗体と僧体（任天堂新旧）上／旧　下／新

もちろんかるた競技は、百人一首の大衆化に大きな役割を果たしており、その点では高く評価されます。しかしその反面、純粋な和歌文学研究の妨げになっていることも否めないのです。いわば諸刃（もろは）の剣であると言えましょう。全日本かるた協会は社団法人となったのですから、そろそろこういった使用本文に関して、きちんと声明を発表すべきではないでしょうか。

競技かるた略年譜

明治37年　東京かるた会発足、標準かるた使用開始
大正14年　使用札を公定かるたへ変更
昭和6年　公定かるた本文の一部改定
昭和9年　大日本かるた協会発足、段位認定（昭和11年）
昭和17年　愛国百人一首制定
昭和21年　日本かるた協会発足（伊藤秀吉会長）　西日本かるた連盟発足（西田直次郎理事長）
昭和25年　名人戦開始のために東日本かるた連盟結成、この頃新制かるた出現
昭和27年　第一期名人戦（鈴山透名人誕生）　全日本かるた連盟
昭和28年　新名人戦再建連盟（後に全国かるた連盟と改称）発足

昭和29年　全日本かるた協会設立
昭和30年　二つの名人位戦開催
昭和32年　クイーン位戦開催
平成8年　全日本かるた協会社団法人認可
平成15年　財団法人小倉百人一首文化財団設立（平成25年公益財団法人に移行）
平成16年　全日本かるた協会設立五十周年　競技かるた創設百周年
平成26年　全日本かるた協会一般社団法人認可

第三章　百人一首の広がり

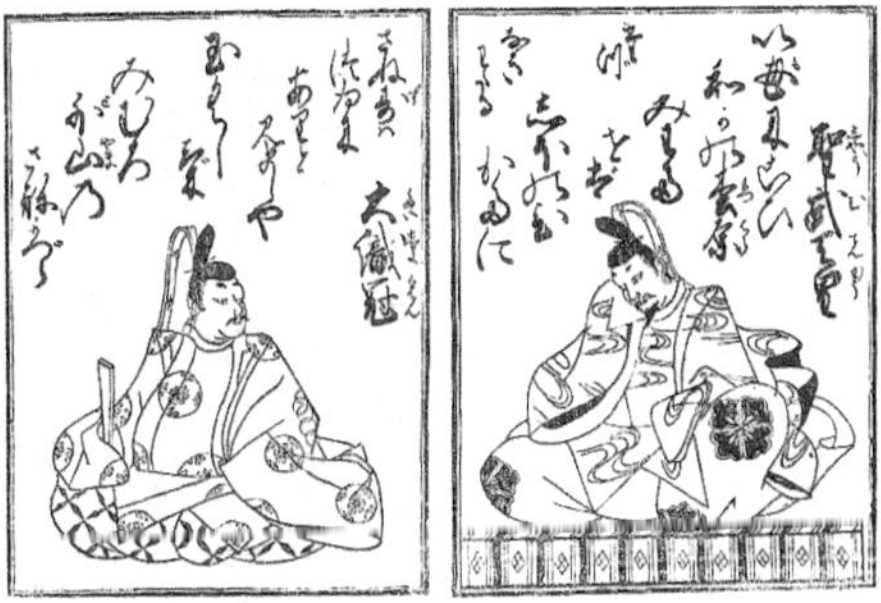

新百人一首（明暦三年刊）

小倉百人一首という名称は、漠然と百人一首の正式名のように思われているかもしれません。しかし百人一首が後世の命名なのですから、当然小倉百人一首はそれよりもっと遅れたネーミングになります。

そもそも百人一首という作品が唯一無二であれば、わざわざ「小倉」を冠さなくても混同する恐れはありません。ところが室町期以降、百人一首を模した異種百人一首が続々と登場しているのです。それも百人一首の人気を示すバロメーターなのですが、そうなると単に百人一首といっただけでは、どの作品を指すのか判別しにくくなってしまいます。そこでやむをえず本家本元の百人一首は、定家とのかかわりを象徴する小倉を冠して、あえて小倉百人一首と称し、他の多くの異種百人一首と区別するようになったわけです。

一、異種百人一首の成立と展開

百人一首の流れを一通りたどってみると、百人一首がいかに日本人に愛好されてきたかが理解されます。しかもそれは、単に百人一首に留(とど)まらず、その模倣作品（異種百人一首・変わり百人一首とも称します）もまたはなはだ多いことがわかるでしょう。そういった二次的な副産物が誕生していることも、百人一首の土壌が豊かだからなのです。

三種の異種百人一首

書名に「――百人一首」と冠するものは、既に室町時代から成立していました。その最古のものは、文明十五年（一四八三）の序文を有する『新百人一首』で、これは九代将軍足利義尚（常徳院）が撰定したものです。また明暦三年には絵入り版本としても刊行されています。その一番歌は文武天皇の、

龍田川紅葉みだれてながるめりわたらばにしき中や絶なむ

でした。やはり天皇で始まり天皇で終わっています。「新」というのは、百人一首に漏れた歌人を撰歌の対象としているからでしょう。そのため原則としては、百人一首との重複が避けられているはずですが、何故か従二位成忠女だけが重複しています。従二位成忠女は儀同三司母の別称なのですが、どうやら同一人物とは気付かなかったようです。

『新百人一首』で最も興味深いことは、百人秀歌に入っていた国信の「春日野の」歌が撰ばれていることです。もし義尚が百人秀歌の存在を知っていたとしたら、他の入撰歌人である定子や長方も入れるはずです。それにもかかわらず、国信だけしか撰ばれていないと

いうことは、義尚が百人秀歌の存在を知らなかったことにならないでしょうか。このように異種百人一首の検討からも、百人一首研究の材料は入手できるのです。

次に『後撰百人一首』ですが、尾崎雅嘉の『群書一覧』（享和二年刊）には、二条良基が百人一首に倣って『続百人一首』を撰定したが、その後虫損により不明歌が六首生じたので、それを子孫の中院関白昭実公が補って『後撰百人一首』としたとあります。これが事実だとすれば、これこそが最古の異種百人一首となります。しかし信頼できる古写本が一切存しておらず、文化四年（一八〇七）の版本しか見当たらないので、偽書である可能性が高いようです。ちなみに一番は村上天皇の、

影みえて汀にたてる白菊はおられぬなみの花かとぞみる

という歌です。なおこの二つは百人一首に対抗する目的で撰ばれたものです。

三点目は、近世初期成立とされる『武家百人一首』です。その撰者は姫路城主榊原忠次とされています。その一番歌は経基王の、

雲井なる人をはるかにおもふには我心さへ空にこそなれ

になっています。さすがに武家ですから天皇から始めることはできません。公家の百人一首に対抗して、武家の百人一首を編纂するというのは、時代の趨勢でしょうか。というより武家に限定してのパロディ（マイナーチェンジ）作品といえます。これ以後、武家中心の異種百人一首が続々と登場してきます。この『武家百人一首』の特徴は、実は内容面ではなく、寛文六年（一六六六）に菱川師宣の絵を伴って刊行されていることでした。師宣は『百人一首像讃抄』をはじめとして、多くの百人一首版本の絵を担当しているのですが、その嚆矢が『武家百人一首』なのです。

以上の三点が、いわば異種百人一首のベストスリーです。

異種百人一首の分類

異種百人一首のピークは、近世後期から明治中期頃です。全盛期にはおびただしい数の異種百人一首が、まさに雨後の筍のように続々と誕生しています。これらは百人一首の知名度を利用したものです。その総数を把握することは難しいのですが、おそらく軽く千種くらいにはなると思います。

百人一首については、定家の撰ということで和歌文学研究の範疇に入っていますが、異種百人一首となると、文学的価値があまり高くないことから、国文学研究の対象から除外されているようです。そのため研究に値しない作品群として、今日まで長く放置されてきました（今後も研究される可能性は薄いようです）。ですから異種百人一首の定義とか分類を含めて、作品全般に亙（わた）って不明瞭（ふめいりょう）のままなのです。その異種百人一首において、面白い特徴を一つだけあげておきましょう。それは、近世後期の緑亭川柳と明治中期の佐佐木信綱が、個人的に何種類もの異種を作っていることです。

さて、異種百人一首とは、狭義には百人一首の影響下に成立した百人各一首の作品を言います。会津（あいづ）百人一首・近江百人一首など地方限定の百人一首もあります。ただし広義には、百人各一首であれば和歌以外の漢詩・俳句も含めているようです。また必ずしも百という数字にこだわっているわけではありません。源氏百人一首など百をはるかに越えています。この異種百人一首を大きく二つに分ると、

Ｉ百人一首にならったもの（百首形式になっているもの）

Ⅱ百人一首風に撰集したもの（歌・百にこだわらないもの）

となります。Ⅱの分類は雑多になりますが、そこから百人一首のもじりと翻訳物、及び単なる百首歌は除外しておきます。

除外したもじり（どうけ）と翻訳物は、むしろ百人一首そのものの享受作品ですから、一応異種百人一首とは分けて考えた方がいいでしょう。百首歌（定数歌）は、百人一首以

情報局認定
日本文學報國會選定

切り抜き貼付用

愛國百人一首に就て

[illegible]謹編
堀江[illegible]謹書

大東亞戰爭を勝ち抜くためには何よりも國民が一致團結して、總てに當らねばならないのです。この一致團結の日本精神を、益々昂揚せしめるために生れたのがこの「愛國百人一首」であります。
從つてこの新「かるた」の歌は一首一首が歴史的事實を顯現せるもので、皇國二千六百餘年の歌物の結晶であります。
我等一億國民は、人ごと、家毎に朗々とこの歌を愛誦せられ、以て先人の烈々たる愛國の至誠と風格を偲び、大君に仕へ奉る赤心を培ふ糧とせられんことを念願致します。

此使用法は

御使用法の要旨に添ひ[illegible]するか現在お持ちの小倉百人一首に貼付なされて、お正月は勿論、隣組常會、各種團體、學校、集會等に於て盛んにかるた大會を催せられん事を切望致します。

競技七則

この「かるた」の發行目的は前述の如くでありますから、競技に當りては「愛國かるた協會」で定めた次の七則を固く守つて嚴肅に堂々と行つて下さい。

一、競技開始前衣服を正して[illegible]し謹んで宮城遙拜の禮を行ふ事（國民儀禮）
一、札の配列を終つた時は、武士道の精神を以て堂々と相闘ふ意味の宣言として「お願ひいたします」と鄭重に一禮する事
一、朗詠者は愛國の精神を競技者の脳裡に打込む信念を以て歌詞を朗詠する事
一、讀始めの序歌は [illegible]
一、競技は氣勢敢闘すべて武士道の精神に即して行ふ事
一、札はすべて愼重に取扱ふ事
一、競技を終つた時は衣服を正して端坐し百人一首の作者達に對する感謝の意味と自己の敵手の相手に對し感謝の意味をこめて朗詠者の發聲により互に「有難うございました」と鄭重に一禮する事

百八十の國の親國
本つ國すめらみ國
は尊ときろかも

さかゆるみ
よのこゑぞ
きこゆる

ふねよりと
ほくものを
こそおもへ

なきかずに
いるなをぞ
とどむる

うのはらわ
たるちちは
はをおきて

ひかりをみ
ればたふと
くもあるか

ますらたけ
をにみきた
てまつる

いづるつき
ひのかぎり
なければ

みくにゆた
かにはるは
きにけり

よしのをは
るのやまと
なしけむ

きみにふた
ごころわが
あらめやも

きみがやち
よをまづい
のるかな

よろづのく
ににすぐれ
たるくに

まよふうき
よもただき
みのため

きよきここ
ろはつきで
てらさむ

きみがちど
せのはつは
にぞつく

いかづちの
うへにいほ
りせるかも

あごととの
ふるあまの
よびごゑ

やまともも
こもおなじ
とぞおもふ

愛国百人一首一校刷

前から存する別ジャンルの作品ですから、ここでは扱いません。一人百首やそれに準じる作品も、百首物に分類した方が妥当でしょう。ただし題名にはっきり「——百人一首」とあるものは、たとえ内容が純然たる百首物であったり、歌数が百首に満たなくても、異種百人一首の一種として扱わざるをえません。要するに、百人一首を意識して編集しているか否かが分類の最大のポイントなのです。ただし百人一首の恋歌を排除して入れ替えた新撰百人一首などは、非常に特殊（中途半端）で分類に困ります。

二、愛国百人一首のはかなさ

愛国百人一首は、戦時下における国民の愛国心を鼓舞するために、昭和十七年十一月二十日に制定・発表された異種百人一首です（日本文学報国会編）。これは准勅撰とも言える国家的な歌集です。そこには万葉集以来明治元年以前の物故者の中から愛国の歌百首が撰ばれています。当然、天皇の歌は入りません。その一番歌は柿本人麻呂の、

大君は神にしませば天雲の雷（いかずち）の上にいほりせるかも

歌です。人麻呂から始めている点、秀歌撰の意識が感じられます。編纂の目的が軍国主義的であったため、終戦後は積極的に忘れ去られてしまいました。そのため本気でこれを研究しようという人は、今まで一人もいませんでした。ところがそういった特異な作品だからこそ、様々な問題を内包しているのです。例えばその選定委員には、佐佐木信綱・尾上柴舟・太田水穂・窪田空穂（うつぼ）・斎藤瀏（りゅう）・斎藤茂吉・川田順・吉植庄亮・折口信夫（しのぶ）・松村英一・土屋文明といった錚々（そうそう）たるメンバーが名を連ねているのですが、その編纂の経緯・役割分担などが明確になれば、戦中戦後における歌人の生き方を研究する一等資料になるはずです。

　このメンバーの中で、最初に注意すべきは川田順です。というのも彼は、昭和十五年十一月から十六年六月まで、雑誌キングに愛国百人一首を連載しているからです。それが十六年八月には、大日本雄弁会講談社から単行本として刊行されています。ここで問題にしている愛国百人一首は、それから一年後に制定されたものですから、なんと二番煎（せん）じだったのです。その川田順も選定委員の一人ですが、両者を比較してみると、歌人四十四人が一致し、また歌は二十六首が一致しています。これは川田順のプレ愛国百人一首が尊重された、あるいは彼の意向が反映されたからでしょうか。いずれにせよ愛国百人一首を論じる際には、このプレ愛国百人一首の存在を抜きにすることはできません。ついでながらその三番煎じとして、肥後(ひご)愛国百人一首があげられます。これは愛国百人一首の中に熊本出身者が少ないということから、独自に熊本県人だけの百人一首が撰出されたものです。ローカルなものなので、ほとんど知られていませんが。

次に重要なのが佐佐木信綱です。この時彼は日本文学報国会の短歌部会会長だったので、選定委員の中では委員長的立場にあったと思われます。その選考の模様は、短歌部会の幹事として会議に陪席した伊藤嘉夫氏の証言によって知ることができます（跡見学園女子大学紀要）。興味深いのは、信綱と折口信夫（釈迢空）の論争です。信綱が鏡月坊の歌を強く推薦したところ、迢空はそれをげすな歌だといって退け、結局撰からはずされてしまったそうです。話はそこから土屋文明の折口批判、折口の慶応義塾大学就任にまつわる横山重の証言、信綱と迢空の英訳万葉集編纂をめぐる確執へと続くのですが、これなど折口の性格を知るものとして、資料的価値は高いと思われます。

大日本かるた協会も、愛国百人一首と無縁ではありません。というのも、昭和十八年の暮れに憲兵隊の呼び出しを受け、国家非常時国民総動員の今日、恋の歌（百人一首）を弄(もてあそ)ぶとは何事ぞと叱咤(しった)されたからです。そこでやむなく百人一首から愛国百人一首に切り換えて難を逃れ、第一回愛国百人一首かるた競技会を奈良の橿原(かしわら)神宮で開催しています。戦時下という時代背景を考慮すれば、かるた協会の対応もやむをえないことだったのでしょう。しかしそれもかるた協会の歴史の一齣(こま)ですから、しっかり記録にとどめてほしいと思います。

愛国百人一首に関する私の最大の関心は、それがわずか二年余りの間に、四十種以上も製作され、再版を含めて軽く百万を越す部数が出版されていることにあります。当時は極端な紙不足であったにもかかわらず、国家の政策に迎合するものであったために、驚異的な勢いで全国に出回って超ベストセラーとなっているのです。地方版としてもかなり刷られています。また台湾・満州・朝鮮といった占領地を含めて、中国語・マレー語・英語版まで出版されているのです。出版物にしても、本文のみのもの・詳細な解説付きのものだけでなく、書道手本・かるた・紙芝居・絵はがき・歌曲集・レコードなどまで販売されています。どうしてそんなに種類が豊富かといえば、当時紙が配給制であったにもかかわらず、愛国百人一首には紙が優先的に回されたからです。かるた屋さんの秘話として、愛国百人一首を製造するといって得た紙を、密（ひそ）かに他のかるたに転用していたとのことです。

その思想的な面はともかくとして、これは日本の出版文化史においてエポックメイキングであったはずです。発行部数は実数ではないかもしれませんが、そういったことを含めて愛国百人一首の特異な出版状況は、今のうちにきちんと把握しておかないと、遠からずして忘れ去られてしまう恐れがあります。

三、百人一首のパロディ

百人一首のパロディ（もじり）というのは、百人一首を知っていてはじめてその面白さがわかるものです。異種百人一首の場合は、単に秀歌撰としての百人各一首という形式を模しているだけなので、必ずしも百人一首を知らなくても困ることはありません。それに対して、一般にもじりと称されている狂歌は、百人一首そのものをもじっているわけですから、それこそ百人一首の歌を知らないと、面白さは半減してしまいます。そういったパロディが多く作られていることも、百人一首が教養として広く浸透していたことの証拠になります。浮世絵や落語に反映されたことを含めて、大衆化に伴う近世的逸脱とでも定義しておきましょう。

その古いものとしては、近藤清春作の『江戸名所百人一首』が寛文三年（一六六三）に刊行されています。これは百人一首を本歌として江戸の名所（神社仏閣）を巧みに取り入れたものです。例えば天智天皇歌は、

秋の田を刈りほすいねのひまをあらみ六あみだへぞまいりゆきつつ

となっています。これなど本歌を生かしながら、「六阿弥陀」という名所への参詣を詠み込んでいるわけです。

続いて寛文九年には、幽双庵作の『犬百人一首』が刊行されています（ただし寛文以前開版の可能性も示唆されています）。ところで「犬」という名を冠したものには、犬筑波・犬徒然などパロディ作品が多いようです。犬には似て非なるもの、役に立たないものという意味が含まれているのでしょう。参考までに天智天皇歌のもじりである鈍智てんほう歌をあげておきましょう。

　あきれたのかれこれ囲碁の友をあつめ我だまし手は終にしれつつ

前述の『江戸名所百人一首』では、百人一首本歌のおもかげをきちんと残していましたが、『犬百人一首』では百人一首から離れ、語呂合わせだけになっています。また作者名までもじることでかなり徹底させているようです。当時、こういった狂歌を特に「地口」あるいは「もぢり」と称していました。

前述のものとは異なり、本歌の下句を生かしたまま、上句のみをもじって作られたものもあります。それは前句付けの一種でしょうが、諫鼓堂尾佐丸の『芝居百人一首』（天保

三年刊）がその例です。天智天皇歌など、

吸ひものをこぼした人の気の毒さ我が衣手は露にぬれつつ

と詠まれています。下句は全く同じであるにもかかわらず、上句を芝居関係歌にもじることにより、下句の意味までも変容させてしまっています。

大田南畝の『狂歌百人一首』（天保十四年刊）も同様ですが、天智天皇歌は、

秋の田のかりほの庵の歌がるたとりそこなって雪は降りつつ

と、逆に初二句を生かしています。これなど天智歌と光孝歌の下句の類似により、かるた取りでよく取り違えられることを主眼としています。こうなると単なる狂歌というだけでなく、当時における百人一首かるたの参考資料としても利用できます。

こういったもじりは、狂歌の世界だけではなく、俳諧（川柳）の世界でも応用されており、『百人一句』をはじめとして、多くの俳諧百人一首物を生み出しています。また近世のことですから、当然のことながら艶本（春本）にも影響が見られます。『百人一出拭紙箱』（近世後期頃刊）では宇天津天農歌として、

秋の田のかり穂のかげでとるほとに我こまらめはつびにぬれつつ

と出ています。歌の解説は省略しますが、この書名などは『歌仙百人一首色紙箱』（寛政八年刊）のもじりでしょう。また嘉永六年刊の『美玉名開百人交（びぎょくめいかいひゃくにんし）』では見交（けんし）点合（てんごう）歌として、

あきれたよかかあの開の口みればわがゆもじまで露にぬれつつ

とあります（絵を見せられなくて残念です）。この書名もおそらく『美玉百人一首』（嘉永四年頃刊）をもじっているのでしょう。「百人交」は「ひゃくにんし」と読むのですが、これは読みくせで百人一首を「ひゃくにんしゅ」と読むことが下敷きになっています。

明治・大正・昭和においても、新たなもじりは作り続けられています。百人一首のパロディは百人一首の存在が命ですから、百人一首が日本でもてはやされている間は、ずっと作られ続けるのです。

四、最初の英訳百人一首

古典文学の英訳に関しては、アーサー・ウェイリーの源氏物語訳が有名ですが、百人一首の英訳はそれよりずっと以前に行われていました。

幕末から明治初期にかけて、多くの外国人が日本を訪れており、そういった人々によって日本が諸外国に紹介されています。F・V・ディキンズもその一人でした。彼はロンドン大学で医学を専攻し、卒業するとイギリス公使館付きの医官として一八六一年に中国に赴任しています。二年後の一八六三年に来日し、横浜に居住したようです。ちょうどその頃、中国・日本に関する紹介記事や作品の翻訳を載せる雑誌がロンドンで刊行されました。それは「中国語と日本語の宝庫」(THE CHINESE AND JAPANESE REPOSITORY)という月刊誌ですが、キングスカレッジの中国語のジェイムズ・サマーズ(JAMES SUMMERS)教授によって編集されたものです。その一八六五年三月号に、ディキンズの「日本の叙情詩――百人一首の翻訳」(第一回)が掲載されています。おそらく横浜から投稿したのでしょうが、以後十一月まで九回連載で掲載されています(ただしBy Medical Officer of the Royal Navyとあって、実名は出ていません)。

その一年後、一時帰国したディキンズは、ロンドン大学に学士入学し、改めて法律を学んでいます。その間に今まで連載した英訳百人一首をまとめ、ロンドンの出版社から出版しているのです。序文の末尾には、一八六六年十一月という日付があります。一八六六年といえば、日本では明治の二年前、慶応二年にあたります。ディキンズは来日からわずか三年余りで英訳百人一首を完成したことになり、その日本語熟達の早さには脱帽するしかありません。

ディキンズにとって、和歌の修辞は英訳しにくかったらしく、単行本では皇嘉門院別当（こうかもんいんのべっとう）の「難波江の」（八八番）歌だけは英訳を放棄しています。ですから厳密に言えば完訳ではありません。というのもディキンズが見た百人一首は、決して現在のような活字ではありませんでした。当時はまだ変体仮名が普通だったのです。彼が英訳の際に利用したものは、『百人一首峯梯（みねのかけはし）』（文化三年刊）・『千載百人一首倭寿（やまとことぶき）』（弘化四年頃刊）・『百人一首一夕話（ひとよがたり）』（天保四年刊）の三冊でした。どれも変体仮名の版本です。ディキンズは変体仮名を判読できたのでしょうか。前述の序文には、サマーズ教授の協力があったと記されていますが、このサマーズは、彼が英訳を連載した雑誌「中国語と日本語の宝庫」の主幹と同一人物でしょう。

古典文学の英訳の多くが、現代語訳からなされていることを思えば、変体仮名からの仕事はどんなに大変だったことでしょう。それにも増して驚かされるのは、ディキンズの英訳が単なる英訳にとどまっていない点です。この単行本の総頁数は百二十頁を越えており、百人一首の注釈書としても十分通用するような内容を有しています。これだけの詳細な英文注釈は現在でも見当たりません。その意味でもこの英訳は、もっと高い評価を受けてもいいはずです。

なお、ディキンズはロンドン大学で弁護士の資格をとった後、一八七〇年に再び横浜に戻り、そこで弁護士として開業しています。明治十五年にロンドンに帰国した後も翻訳の仕事を怠らず、『竹取物語』（明治二十一年）・『方丈記』（明治三十八年）の英訳を出版しています。『方丈記』翻訳の際は、ロンドンで知り合った南方熊楠（みなかたくまぐす）の助けを借りており、そのため初版は二人の共著となっていました。

こうしてディキンズは、死ぬまでに三度ほど英訳百人一首の改訳を試みているようです。その三度目の訳は、一九〇九年の王立アジア協会紀要に掲載されています。この時は88番歌も英訳されており、まさに完訳になっています。ただし配列が一般的な順番ではなく、勅撰集の部立に従って春夏秋冬恋といった順になっている点に特徴があります。

ところでディキンズは、必ずしも百人一首の文学的価値を理解していたわけではなく、百人一首が日本人の間に広く浸透していることに興味を抱いたようです。このディキンズの英訳に刺激されて、マッコレーの英訳（一八九九年）やポーターの英訳（一九〇九年）が登場します。また外国人だけでなく、日本人による英訳も何種類か試みられています。

17

ARIWARA NO NARI-HIRA ASON

Chi haya furu
Kami yo mo kikazu
Tatsuta gawa
Kara kurenai ni
Mizu kuguru to wa.

17

THE MINISTER NARI-HIRA ARIWARA

ALL red with leaves Tatsuta's stream
So softly purls along,
The everlasting Gods themselves
Who judge 'twixt right and wrong,
Ne'er heard so sweet a song.

The writer, who lived A.D. 825–880, was the grandson of the Emperor Saga, and was the Don Juan of Old Japan; he was banished because of an intrigue he had with the Empress, and his adventures are fully related in the Ise-Monogatari. The Tatsuta stream is not far from Nara, and is famous for its maples in autumn. *Chi haya furu*, literally 'thousand quick brandishing (swords)', is a 'pillow-word', or recognized epithet, for the Gods, and almost corresponds to Virgil's *Pious Aeneas*, and Homer's '*Odysseus, the son of Zeus, Odysseus of many devices*'. It may be noted that these 'pillow-words' only occur in the five-syllable lines, never in the longer lines.

In the picture we see the poet looking at a screen, on which is depicted the river with the red maple leaves floating on it.

ポーター訳（千載百人一首倭寿の図入）

おそらく百人一首は、日本文学の中で最も英訳された回数が多い（三十回以上）作品だと思われますが、それも間接的に百人一首流行のバロメーターになるのではないでしょうか。

なお、ポーターの英訳本には、版本の歌意図が挿絵として用いられています。それがディキンズから借りた版本であることはわかっていたのですが、書名の特定はできていませんでした。私はそのことに興味を抱き、いろいろ調べた結果、それが『千載百人一首倭寿（やまとことぶき）』であることをようやくつきとめました。

最近は英訳からさらに他言語と訳されることもふえてきているようですが、外国語に訳されると情報の把握が困難になります。

第四章　百人一首の撰歌意識を探る

かるた一枚刷（歌意図）

まず撰歌(せんか)ということについて確認をしておきます。秀歌撰であるかどうかは別にして、百人一首が定家晩年の撰であること、古今集から続後撰集に至る勅撰十代集からの抄出であること、その基本が八代集(定家八代抄)であることです。百首全てが勅撰集歌ということは動きません。ですから百人一首の歌にクレームをつけることは、間接的に勅撰集を誹謗(ひぼう)することになるのです。

もちろん勅撰集だからといって、必ずしも珠玉のような歌ばかりがちりばめられているわけではありません。撰集作業には政治的配慮を含めて、様々なノイズが混ざっているからです。それは百人一首も同じでしょう。もしそうなら、少数の不純物に目くじらを立てるより、標準をクリアーしている大多数の歌に注目した方が発展性があります。実のところ和歌文学研究では、百パーセントという数字は望めないのです。万葉集・古今集・新古今集の歌風の特徴といったところで、それはあくまで傾向のわずかな差であって、例外も少なくありません。しかし数値で示されれば、明確な差異は認められるのです。

例えば百人一首に恋歌が多いことは、出典の部立を調べることによって容易にわかります。一覧表を出しておきましょう。

春	夏	秋	冬	恋	羇旅	離別	雑
6	4	16	6	43	4	1	20

恋歌は、百首中四十三首と異常に多い数値を示しています。私はこれをさらに深め、三分の二以上の歌が恋歌として再解釈できることを論じてみました（「恋歌としての『百人一首』」『王朝和歌と史的展開』笠間書院）。これを恋と限定せず、心の思いを述べる述懐歌に置き換えると、人生の嘆きや嘆老が浮上し、定家晩年の立場にふさわしいものになります（家郷（かごう）隆文『百人一首・その隠された主題』桜楓社）。

上坂信男氏は定家の源氏物語尊重に注目され、百人一首に潜む源氏物語世界を紡ぎ出しておられますが（『百人一首・耽美の空間』右文書院）、源氏物語とのかかわりもかなり深いようです。また歌枕を詠み込んだ歌が三十八首あることも無視できない数値です。これらはどれも間違いなく百人一首の内包している顕著な傾向なのです。こういったことが徹底的に究明された上でなければ、軽々に百人一首の主題は何か、どんな目的で撰歌されたのかなどは論じられません（おそらく答えを一つに絞ることは永遠に不可能でしょう）。その意味では、百首の歌が奏でる交響楽にたとえることもできるのではないでしょうか。

一、教材としての危険性

百人一首は、古典教材の入門書として使用される場合が多いようです。しかしそこにも大きな落し穴（危険性）が存しています。本文異同一つとっても、

現在われわれが目にする百人一首の本文が、果たして定家の責任の負える本文であったのかどうか、すくなくとも一割程度は疑いの目で見直さなければならないことになろう。百人一首原態への復原が要請されるのである。

という上條彰次氏の提言（「『百人一首』研究の新視点」『論集藤原定家』笠間書院）を待つまでもなく、広範に流布している競技用かるたの本文にはいささか問題があります。残念なことに百人一首においては、未だに善本の提示も校本の作成もなされていません。試みに私の『百人一首研究ハンドブック』（おうふう）によって重要な本文異同のある歌をピッ

クアップしてみると、

蟬丸歌・陽成院歌・源融歌・敦忠歌・義孝歌・公任歌・紫式部歌・清少納言歌・三条院歌・崇徳院歌・顕輔歌・俊恵歌

の十二首があげられます。中でも清少納言の歌は、「空音にはかる」が「空音ははかる」に改訂されています。また業平の歌（一七番）には「ちはやふる」か「ちはやぶる」か、「水潜（くぐ）る」か「水括（くく）る」かという清濁を含む大きな相違が横たわっています。

文法的な面からも、例えば好忠の歌（四六番）の「絶え」など、語釈では自動詞と説明しながらも、「梶を失って」と他動詞的に現代語訳している注釈書のなんと多いことでしょう。その他、『新編国歌大観』（角川書店）の索引をちょっと調べただけでも、

「短き葦」（一九）・「みゆき」（二六）・「天の橋立」（六〇）・「霧たちのぼる」（八七）・「濡れにぞ濡れし」（九〇）・「沖の石」（九二）

など、伝統的とは言えない表現（非歌語）が少なからず存していることがわかります。む

しろそこにこそ百人一首の特徴があるのです。

二、作者の疑わしい歌

百人一首が単なる秀歌撰でないことは、既に『応永抄』の序文に、

抑(そもそも)此百首の人数のうち、世にいかめしく思ふものぞかれ、又させる作者とも見えぬもいり侍る、ふしんの事にや。ただし定家卿の心、世の人思ふにかはれるなるべし。古今の歌よみかずを知らず侍れば、世にきこえたる人もるべき事うたがひなし。それは世の人の心にゆづりてさしをかれ侍れば、しゐておとすにはあらざるべし。さて世にそれとも思はぬを入らるるもその人の名誉あらはるる間、尤(もつとも)ありがたき事とぞ申べからむ。〈中略〉此うちあるは譜代、あるは歌のめでたき、あるは徳有人の歌入らるる也。此百首は二条の家の骨目也。以此歌俊成定家の心をもさはりしるべきとぞ師説侍し。

と述べられています。百人一首が必ずしも一流歌人の集合体でないこと、普通の秀歌撰ではないこと、一つの主題で統一できないことなどが古注以来の了解事項だったのです。

撰入歌人の妥当性ということでは、『榻鴫暁筆（とうでんぎょうひつ）』に、

然（しかる）に源順（したごう）と申侍るは梨壺の五人、後撰の撰者の随一なるに、此人数にもれける事はいか成事にか侍るらん。又源兼昌は堀河院の百首の人数とは申ながら、此人数に入べき程の作者にてもあらざるに、えらび入れられたるも又いかが。

とあり、源順が撰に漏れ、源兼昌が撰（えら）ばれていることへの疑問が提示されています。なるほど順は勅撰集入集歌数約五十首であるばかりか、後撰集の撰者（梨壺の五人）の一人であるのに対して、兼昌は勅撰集入集歌数わずか七首ですから、批判されても当然でしょう。

そこで試みに順の秀歌（代表歌）を探してみたところ、

水の面（おも）に照る月なみを数ふれば今宵ぞ秋の最中（もなか）なりける

——拾遺集・拾遺抄・前十五番歌合・深窓秘抄・和漢朗詠集・三十人撰・三十六人撰・古三十六人歌合・古来風躰抄・時代不同歌合

が見つかりました。享受史的には公任・俊成・後鳥羽院が評価していたことがわかります。ところが肝心の定家は、これを八代抄にも撰入していないのです。定家の撰歌意識ということからすれば、順の代表歌など問題にもならなかったことがわかります。

なにも順だけが例外ではありません。まず六歌仙から検討してみましょう。六歌仙と言われるくらいの有名歌人ならば、その全員が百人一首に撰ばれても不思議はありません。しかし実際は五人（遍昭・業平・康秀・喜撰・小町）だけで、大伴黒主（勅撰集入集歌数一一首）は漏れています（康秀歌にも疑問があります）。続いて三十六歌仙はどうでしょうか。調べてみると三十六歌仙からは二十五人が撰ばれていました。確率として多いのかどうかわかりませんが、少なくとも次の十一人、

藤原高光（二十三首）・源公忠（二十一首）・斎宮女御（四十四首）・大中臣頼基（十一首）・源信明（二十二首）・藤原清正（二十八首）・源順（五十首）・藤原元真（二十八首）・小大君（二十一首）・藤原仲文（七首）・中務（六十五首）

が漏れているのです（括弧内は勅撰集入集歌数）。特に入集歌数の多い中務・源順・斎宮女御が落選しているのは解せません。

ところで、かつては六歌仙・三十六歌仙・百八首など、六の倍数が秀歌撰の基準でした。

それに対して百人一首は五十番・百人と五の倍数なのです。意図的かどうかはわかりませんが、六歌仙から五人、三十六歌仙から二十五人というのも、まさに五の倍数になっています。なにか謎めいていますね。

次に『時代不同歌合』の作者と比較してみると、百人中六十七人（三分の二強）も共通しており、かなり一致度は高いことがわかります。共通していないのは三十三名ですが、斎宮女御・中務・花山院・馬内侍・小侍従・宮内卿など、むしろ『時代不同歌合』の方が妥当な歌人を多く含んでいるようにも思えます。

視点を変えて勅撰集の撰者を見てみましょう。古今集の撰者は全員撰入されています。後撰集では紀時文（五首）・源順・坂上望城（二首）の三人も漏れています。拾遺抄の藤原公任は入っていますが、拾遺集の花山院（六十四首）は撰ばれていません。同じく後拾遺集の藤原通俊（二十七首）も漏れています。金葉集・詞花集・千載集の撰者は入っています。新古今集では源通具（三十七首）・藤原有家（六十八首）の二人が落ちています。こうしてみると、勅撰集の撰者を優先的にとるという意識は薄いようです。逆に百パーセントはとらないことを見識としているようにも見えます。

その他、和歌六人党のメンバー（藤原範永・平棟仲・源頼実・源兼長・藤原経衡・源頼家）は全員とられていません。また源道済（六十一首）・馬内侍（四十三首）・藤原長能（五十七首）・藤原顕季（五十七首）・源頼政（六十一首）・小侍従（五十五首）・宮内卿（四十三首）・俊成卿女（百十六首）などの顔ぶれも見られません。仮に勅撰集入集歌数のベスト百をあげたとすると、百人一首撰入歌人との相違は歴然とするでしょう。

逆に勅撰集入集歌が十首に満たない作者は、

天智・持統・猿丸・仲麻呂・喜撰・蟬丸・陽成院・源融・康秀・列樹（つらき）・朝康・右近・源等・儀同三司母・小式部・道雅・三条院・兼昌・別当

の十九名です。この人達の多くは間違いなく一流歌人とはいいがたいのですから、何故百人一首に撰入されたのか、その理由は別に求めなければなりません。

さらに撰入されている歌にしても、作者の疑わしい歌がなんと十二首もあります。

天智・人丸・猿丸・家持（やかもち）・仲麻呂・伊勢・康秀・兼輔（かねすけ）・重之・能宣・赤染・小式部

中でも康秀歌など息子朝康の歌である可能性が高く、そうなると朝康のみ二首も入集していることになりかねません。ただしこれらの疑問はあくまで研究レベルのものです。基本的には出典となっている勅撰集の作者表記が保証しているので、実際の作かどうかは二次的問題といえます。その中で猿丸に関しては、古今集に読み人しらずとあるので、例外中の例外とするしかないようです（似せ絵の都合上どうしても作者が要請されたのかもしれません）。百人一首撰入歌人には、こんなやっかいな問題が内包されていたのです。

三、撰入歌の是非について

続いて撰入歌の是非を調べてみましょう。たとえ一流歌人であっても、代表歌を一首撰ぶとなると、どうしても好みの違いが出てしまいます。これに関しては、例えば戸田茂睡の『百人一首雑談』（元禄五年成立）の序に、

或人の云、秀歌をえらまれざると云証拠は、いか程もあるべし。先人丸の歌には「ほのぼのとあかしの浦」、業平の歌には「月やあらぬはるやむかし」、貫之の歌には「さくら散る木の下風」是を上代より名歌といひて、右三首の上の五文字をば、今よむ歌の五文字にさへ延慮（ママ）する事なり。然るに此歌ども不入して「あし引きの山鳥の尾」、「千早振神代」、「人はいさ心もしらず」の歌入れり。

とあり、人丸・業平・貫之という代表的三歌人の撰入歌に対する不審が提示されています。それが正しい指摘なのかどうか、順番に検討してみましょう。まず人丸の両秀歌がどれだけ享受されているかを比較してみたところ、

ほのぼのと—古今集仮名序・古今集・新撰和歌・古今六帖・前十五番歌合・三十人撰・三十六人撰・和漢朗詠集・金玉集・深窓秘抄・九品和歌・今昔物語集・今鏡・俊頼髄脳(としよりずいのう)・袖中抄・古来風躰抄・八代抄

あしびきの—万葉集・古今六帖・拾遺集・三十人撰・三十六人撰・和漢朗詠集・深窓秘抄・奥義抄・俊頼髄脳・袖中抄・古三十六人歌合・古来風躰抄・八代抄・自筆本近代秀歌・秀歌体大略・秀歌大体・八代集秀逸・時代不同歌合・別本八代集秀逸

という結果になりました。両歌の評価はかなり伯仲しているのですが、定家における意識は明確です。「ほのぼのと」歌が八代抄にしかとられていないのに対して、「あしびきの」歌は八代抄・近代秀歌・秀歌体大略・秀歌大体・八代集秀逸にとられているからです。大きな享受史の流れとは別に、定家の撰歌意識としては「あしびきの」歌で問題なかったのです。

次に業平の場合は、代表歌三首の比較になります。

月やあらぬ——古今集仮名序・古今集・伊勢物語・古今六帖・古三十六人歌合・古来風躰抄・千五百番歌合判詞・八代抄・時代不同歌合・別本八代集秀逸

世の中に——古今集・新撰和歌・伊勢物語・古今六帖・土佐日記・前十五番歌合・三十六人撰・和漢朗詠集・金玉集・九品和歌・古来風躰抄

ちはやぶる——古今集・伊勢物語・古来風躰抄・千五百番歌合判詞・八代抄・秀歌体大略・五代簡要

享受史的に見ると、貫之は「月やあらぬ」歌を評価し、公任は「世の中に」歌を、そして俊成は再び「月やあらぬ」を評価していることがわかります。しかし定家は、唐突に「ちはやぶる」歌を評価していることがわかります。これは問題ですね。

三番目に貫之の代表歌を比較したところ、

桜散る——亭子院歌合・新撰和歌・古今六帖・拾遺集・拾遺抄・前十五番歌合・三十人撰・三十六人撰・和漢朗詠集・金玉集・深窓秘抄・俊頼髄脳・袋草紙・古来風躰抄・民部卿経房家歌合判詞・慈鎮和尚自歌合判詞

人はいさ――古今集・八代抄・秀歌体大略・五代簡要

という極端な結果が出ました。享受史上では「桜散る」歌が圧倒的に有利であるにもかかわらず、何故か定家はそれを無視して八代抄にさえとっていません。そのかわりに、ほとんど無名だった「人はいさ」歌を支持しているのです（余情の重視？）。

これはもちろん三歌人のみに限ったことではありません。その他の歌人にしても、

赤人（「和歌の浦に」万葉集九二四・「田子の浦に」四番）
家持（「春の野に」万葉集一四五〇・「かささぎの」六番）
小町（「色見えで」古今集七九七・「花の色は」九番）
遍昭（「末の露」新古今集七五七・「あまつ風」一二番）
行平（「わくらばに」古今集九六二・「立ち別れ」一六番）
敏行（「秋きぬと」古今集一六九・「住の江の」一八番）
伊勢（「三輪の山」古今集七八〇・「難波潟」一九番）
素性（「見渡せば」古今集五六・「今こむと」二一番）
千里（「照りもせず」新古今集五五・「月見れば」二三番）
道真（「東風吹かば」拾遺集一〇〇六・「このたびは」二四番）

兼輔（「人の親の」後撰集一一〇二・「みかの原」二七番）
宗于（「ときはなる」古今集二四・「山里は」二八番）
躬恒（みつね）（「春の夜の闇は」古今集四一・「心あてに」二九番）
忠岑（ただみね）（「春立つと」拾遺抄１・「有明の」三〇番）
是則（これのり）（「み吉野の」古今集三二五・「朝ぼらけ」三一番）
友則（「夕されば」拾遺集二三八・「ひさかたの」三三番）
兼盛（「数ふれば」拾遺集二六一・「忍ぶれど」四〇番）
忠見（「さ夜ふけて」拾遺抄・「恋すてふ」四一番）
元輔（「秋の野の」前十五番歌合・「契りきな」四二番）
能宣（「千年まで」拾遺集二四・「みかきもり」四九番）
実方（「いかでかな」三奏本金葉集三七八・「かくとだに」五一番）
道信（「限りあれば」拾遺集一二九三・「明けぬれば」五二番）
公任（きんとう）（「朝まだき」拾遺集二一〇・「滝の音は」五五番）
和泉（「暗きより」拾遺集一三四二・「あらざらむ」五六番）
赤染（「我が宿の」三奏本金葉集四三八・「やすらはで」五九番）
能因（「都をば」後拾遺集五一八・「嵐吹く」六九番）
経信（「沖つ風」後拾遺集一〇六三・「夕されば」七一番）

俊頼（「山桜」三奏本金葉集四五・「うかりける」七四番）
俊成（「夕されば」千載集二五九・「世の中よ」八三番）
俊恵（「み吉野の」新古今集五八八・「夜もすがら」八五番）
西行（「心なき」新古今集三六二・「嘆けとて」八六番）
式子（「山深み」新古今集三・「玉の緒よ」八九番）
良経（「人住まぬ」新古今集一六〇一・「きりぎりす」九一番）
実朝（「箱根路を」続後撰集一三一二・「世の中は」九三番）
雅経（「移りゆく」新古今集五六一・「み吉野の」九四番）
定家（「春の夜の」新古今集三八・「こぬ人を」九七番）
後鳥羽院（「見渡せば」新古今集三六・「人もをし」九九番）

など、多くの歌人に代表歌のズレが認められます。秀歌の定義にも問題はあるのでしょうが、定家の撰歌意識を見極めようとすれば、撰入歌人の妥当性だけではなく、代表歌撰定の是非についても徹底的な再検討が必要なのです（まだ不十分です）。

四、秀歌と代表歌の違い

百人一首は、決して誰もが納得するような秀歌撰ではありませんでした。そのことは織田正吉氏の『絢爛たる暗号』・林直道氏の『百人一首の秘密』といった謎解き本によって宣伝されてきました。それに対する和歌文学研究者の反論が不徹底だったことは残念ですが、最近その説に対するアンチテーゼとして、西川芳治氏の『百首有情』も刊行されています。西川氏は百人一首を織田氏・林氏のように縦横に編成するのではなく、二首一組の配列の中に意味を見出（みいだ）されており、より現実的理解になっているようです。ただそういった謎解きに挑戦する前に、十分な百人一首撰入歌の検討がなされているかというと、現状では否と言わざるをえません。個々の歌の検討が十分なされた上で、配列や特徴的な傾向を含む作品論が展開されれば、百人一首に対する見方は相当変容すると思われます。

ところで『幽斎抄』には、百人一首撰入歌の特徴の一つとして、

又当座にふとよみたる歌の奇特なるを入られたり。当意即妙の歌はたとひ堪能なりとも常に道に心をかけぬ歌人はよみ出べきにあらず。此心を感じて撰入られけり。

と「当意即妙」（説話的な面白さ）の歌があげられています。この傾向は道綱母・小式部・伊勢大輔・清少納言・周防内侍（すおうのないし）など、女流歌人に多いようです。この解釈をさらに進めて「人生史の象徴」として考えると、

Ⅰ文学的代表歌――謙徳公（一条摂政御集）・道綱母（蜻蛉日記）・紫式部（源氏物語）・清少納言（枕草子）

Ⅱ歴史的代表歌――天皇歌（天智・持統・陽成・光孝・三条・崇徳・後鳥羽・順徳）

Ⅲ人生史的代表歌―小町・元良・義孝・道雅・実朝

という分類（私案）も考えられます。Ⅰは代表作品との関連、Ⅱは和歌で綴（つづ）る平安朝史、Ⅲは作者の人生を代表するという意味での代表歌です。百人一首が純粋な秀歌ではなく、むしろ人生史を象徴するものであるとすれば、非一流歌人の撰入や非秀歌の撰入という点もそれなりの説明がつくのではないでしょうか。それが山荘の障子に貼る色紙としてふさわしいかどうかは別問題だとしても。

五、勅撰集との差異

従来は、百人一首の歌を出典たる勅撰集に戻して、勅撰集所収歌として解釈・鑑賞してきました。それが百人一首の最もオーソドックスな享受だったのです。そのため古注釈においても、勅撰集の部立や詞書（ことばがき）が引用されたり、歌の頭に集付け（出典注記）がなされたりしています。はなはだしい場合は、詞書付きの百人一首も見られます。参考までに、百人一首と百人秀歌の勅撰集別出典数一覧をあげておきましょう。

	百人一首	百人秀歌
古今	24	24
後撰	7	7
拾遺	11	11
後拾遺	14	15
金葉	5	6
詞花	5	5
千載	14	13
新古今	14	16
新勅撰	4	4
続後撰	2	—

一見して古今集が多いことに気付くはずです。撰歌の基本は古今集から新古今集までの八代集で、それだけで九十四首になります（百人秀歌では九十七首）。定家が八代集から秀歌を抜き出した八代抄（二四代集）とは九十二首も一致しており、それも百人一首が定家撰である証拠の一つとなっています。この数字を見る限り、百人一首の最初の構想が八代集からの抄出と考えられているのも首肯できます。特に百人秀歌の場合は、新古今集尊重の傾向がやや強いことになります。

定家撰の新勅撰集はともかくとして、続後撰集は定家の息子為家の撰であり、しかも定家没後に編まれたものですから、ちょっと問題です。百人一首が原則として勅撰集から撰ぶのであれば、少なくとも百人一首成立時点で、この二首は勅撰集撰入歌ではなかったことになるからです。その続後撰の二首というのは、巻末の後鳥羽院・順徳院歌でした。この二首は唯一の非勅撰集歌であるばかりか、作者表記を改訂されたことでも問題のある歌です。言い換えれば、この二首の異質性こそは、百人一首の撰歌意識を解くカギかもしれません。

実は後鳥羽院・順徳院歌は、最初、新勅撰集に撰入されていた可能性があります。新勅撰集は定家単独撰ですが、勅命を出した後堀河院の突然の崩御により、一度は挫折していきます。前関白道家の依頼によって再度撰進することになるのですが、今度は鎌倉幕府に対する政治的配慮から、承久の乱の関係者の歌百首余りの切り捨てを命じられます。やむなく定家はそれに従うのですが、その折に切り捨てられた歌の中に後鳥羽院・順徳院歌があったと推測されるのです。

新勅撰集の献上は、文暦二年三月十二日のことでした。それは小倉色紙が染筆される二ヶ月前のことです。またその道家による後鳥羽院・順徳院の還京申請に対して、鎌倉幕府がそれを却下したのは五月十四日でした。そのニュースは、色紙染筆途上の定家の耳にも届いたことでしょう。こうして百人一首の成立には、新勅撰集の切り捨てと両院還京却下という二重の事件が、大きな比重を占めることになったのです。そういうわけで、後鳥羽院・順徳院歌は公的には非勅撰集歌ですが、定家の内的な意識では新勅撰集入集歌なのでしょう。

この二つの事件が明月記の染筆記事とあまりに近接していることから、両者は百人一首の成立に重ね合わせられてきました。その代表が前述の樋口芳麻呂氏です。これに対する私の疑問は、果たして私的な百人一首を撰定することぐらいで、定家の不満が解消されるものかどうかということです。もともと新勅撰集に対する不満と蓮生からの依頼は、動機としては全く別件でした。ですから新勅撰集の不満を重視すれば、蓮生の依頼とはかかわりなく、百人一首あるいは百人秀歌の成立を想定できます。逆に蓮生の依頼だけでも百人一首は成立しうるのです。成立論は必ずしもドラマチックな方が真理に近いというわけではありません。

次に勅撰集重複歌について考えてみます。前の一覧表ではきれいに分けられていましたが、実は二つの勅撰集に重複してとられている歌があるのです。それは、元良親王歌（後撰集・拾遺集）、藤原公任歌（拾遺集・千載集）、伊勢大輔歌（三奏本金葉集・詞花集）の三首です。この場合、どちらを正解とすべきなのでしょうか。公任歌に関しては、拾遺集では「滝の糸は」とあり、千載集では「滝の音は」とありますから、本文からしても千載集が出典となります。元良歌・伊勢大輔歌は従来通りで良さそうです。

ここで後鳥羽院・順徳院歌を新勅撰集に入れ、また公任歌を拾遺集から千載集へ移動させて、改めて一覧表にしておきます。前の表に比べると、やや千載集・新勅撰集を重視していることがわかります。

古今	24
後撰	7
拾遺	10
後拾遺	14
金葉	5
詞花	5
千載	15
新古今	14
新勅撰	6

従来は百人一首を通して、八代集のエッセンスを習得していました（そこにも百人一首の八代集重視が反映していることになります）。ですから撰者定家の存在は、非常に希薄なものでしかありませんでした。もともと撰（編）というのは創作ではないので、文学的価値としては軽く扱われていたのです。そのことは上條氏も、

単なる歌仙秀歌撰であることを超えた一個独立の作品としての主題が、学問的に明確化され、より真実に近い全体像が浮き彫りになってくるならば、それに照らされて、各歌についての定家の撰歌意識や歌境の理解もいっそう深まり、百人一首研究のいっそうの進展ももたらされるのではなかろうか。

と提起しています（『百人一首古注抄』和泉書院）。また立場の異なる織田正吉氏によっても、

これまでの『百人一首』研究では、『百人一首抄』以来の伝統を守って、一首ずつの注釈を中心にし、『百人一首』という歌集を一つのまとまった作品として見る視点が欠落している。出典に還元して、一首ずつ独立に歌を鑑賞するのは、和歌一〇〇首の鑑賞ではあっても、『百人一首』という統一体の研究ではない。

と手厳しく批判されています（『百人一首の謎』講談社現代新書）。その点を重視し、あくまで定家の解釈を追求したのが、島津忠夫氏の『百人一首』（角川文庫）でした。具体的には『顕注密勘（けんちゅうみっかん）』（承久三年成立）という定家の古今集注釈書を利用して、行平・業平・実朝などが見事に論じられています。私はそれをさらに発展させ、『百人一首の新研究』（和泉書院）としてまとめてみました。必ずしも勅撰集と百人一首の二項対立が良策ではないのですが、これによって出典レベルと定家における解釈との違いはかなり明らかになったはずです。

六、配列をどう考えるか

唐突ですが、説話文学を思い浮かべてみて下さい。『今昔物語集』や『宇治拾遺物語』などです。読んで面白いのは、所収されている説話そのものが面白いからであって、それをどのように並べ換えたところで、たいした意味はないと思っていませんか。勅撰集の撰者についても同じです。では歌を撰び、それを部立ごとに分類する作業には、一体どのような文学的意味があるのでしょうか。百人一首の場合、百首を撰んだ時点で、定家の役割は終了しているのでしょうか。小倉色紙には貼る順序などなかったのでしょうか。百人秀歌と百人一首の違い、またその配列の違いに、撰者の意識は反映していないのでしょうか。

こういった素朴な疑問に対して石田吉貞氏は、百人秀歌の配列には障子に貼る色紙和歌として、組合せに留意した順番になっていると述べています。それに比べて百人一首は、歌を作者の時代順に配列しているわけです（「百人一首撰者考」文学）。この見通しで大筋は狂っていません。しかしながら百人秀歌は歌合形式ではありませんから、全てが左右に組み合わされているわけではありません（どうも定家は歌合形式が好きではなかったようです）。もともと百一首ですから、どうしても一首余ることになります。百人一首にしても、きちんと時代順になっているわけではなく、猿丸は万葉歌人の中に入れられているし、行尊（六六）など三条院（六八）の曾孫（そうそん）でありながら、その前に配されています。

従来の研究では、成立論の場では百人秀歌と百人一首の違いが重視されていますが、いざ各歌の注釈となると、配列に関してはほとんど言及されていません。単に一番から百番までの通し番号が付いているという程度で、そこに何の価値も見出していないのです。それはやはり百人一首そのものではなく、百人一首を通して勅撰集を見据えているからなのでしょう。しかし三・四番に人丸・赤人が位置しているのは、歌聖として尊重されていたからに違いありません。それに対して九七・九八番に定家・家隆を配しているのは、自分を人丸と合わせることによって、歌人としての地位を誇示しているのではないでしょうか。もしそうなら、百人一首は百人秀歌以上に配列に気を遣っていることになります。

かつて契沖は配列に注目していたらしく、『百人一首改観抄』の各注において言及しています。例えば行平・業平歌に関しては、「右二首兄弟に上手なるを賞する心に一所におき、又歌にも共に名所をよめるを一類とする心歟」とあります。また俊恵・西行・寂蓮歌については、「右三首共に法師をもて一類とし、中にも初二首は共に恋の歌にて似たる心あるを一類とす」と記しています。どうやら契沖は、勅撰集の配列を意識して、隣り合う歌の類似性に着目しているようです。

契沖の試みが必ずしも正鵠（せいこく）を射ているわけではありませんが、配列に注目した点は評価すべきでしょう。ところが『改観抄』の版本では、この部分がきれいに削除されているのです。せっかく契沖が指摘した配列意識は、そのために長く埋もれてしまいました。

七、天地人の発見

いろは歌の秘密というのをご存じでしょうか。いろは歌を七字目で区切って、それぞれの最後の文字を繋げると、「とかなくてしす」（とがなくて死す）となるのだそうです。これがいろは歌作者の意図（暗号）とは到底考えられませんが、言われてみると謎めいて興味をひかれます。同様のことが百人一首にもあって、何種類もの謎解き本が出版されています。重要なのは、そういったさまざまな解釈をさえ許容してしまう百人一首の懐の深さです。本書はもちろん謎解き本ではありませんが、ここで近世の説を一つだけ紹介しておきましょう。

文化十二年以前に芝山持豊が、『百人一首芝釈』というかなり詳細な注釈書を書いています。その三番歌の末尾部分に、「巻頭より是まで三首を天地人の三才にあて給ふ。定家卿の深意也。三才は天智を天、持統を地、人丸を人也」と記されています。これより古い注釈書にこの説は出ていないようなので、おそらく持豊の自説なのでしょう。一番から三番までの作者名の語呂合わせによって、見事に天・地・人という配列が浮き彫りにされているわけです（この配列は百人秀歌でも変わりません）。それが定家の意図である保証はどこにもありませんが、そう指摘されれば、それを積極的に否定する材料もないようです。

ついでながら、四番は赤人、五番は猿丸になっています。すると今度は人から猿へ移っていることになります。悪ふざけはこれくらいにしておきましょう。

八、今後の課題

百人一首は八代集のエッセンス・平安朝和歌の入門書として利用されてきました。仕掛け人は宗祇です。そのためテキストとして神聖化されているのです。しかし百人一首を無批判に受け入れることは危険です。少なくとも百人一首の研究は、未だに普遍的な解釈には到達していないということを、ここではっきり認識して下さい。また各歌の享受史を辿ってみると、必ずしも永続的に秀歌として認定されていないことに驚かされます。それこそ定家個人の嗜好によって撰定されているものが多いのです。

百人一首の歌が有名なのは、百人一首成立以降の流行・尊重によってそうなったのです。ですから各歌は必ずしも成立当初から有名だったわけではありません。有名かどうか、秀歌かどうかの判断は、きちんと享受史を押さえた上でないと答えられません。百人一首撰入歌だから秀歌であるという安易な妥協は、もはや通用しません。そこで問題とすべきは、まさに定家の撰歌意識であって、百人一首の歌としてどのように考えるかが究明されなければならないのです。

ここで大胆な私見を提示しておきます。私は百人一首を和歌で綴る平安朝の歴史と見ているのですが、それは八代集重視（八代集抄出）と全く矛盾しません。もし百人一首が新勅撰集の不備を補完するものであればどうでしょう（藤平春男「百人一首と百人秀歌」解釈と鑑賞）。新勅撰集から切り捨てられた歌が百首余りでした。そして百人一首はもちろん百首ですから、両者を合体させて完成体を作ることも可能なのです。そうなると百人一首は、私撰集というよりも勅撰集的な性格が色濃いことになります。

その場合、百人一首が平安朝の勅撰集を完全に網羅していることに注目して下さい。いわば平安朝和歌の総集編なのです（八代抄のミニ世界？）。天皇で始まり天皇で終わるという形式がとられたのもそのためでしょう。天智天皇は平安朝の皇祖であり、後鳥羽院は平安朝の終焉（しゅうえん）でした。百人一首はわずか百首の歌による平安朝小史ですが、一般的な秀歌撰とは異なり、勅撰集の小宇宙的世界を形成しているのです。

新勅撰集自体、下命者である後堀河院に献上できなかった悲運の勅撰集でした。その延長線上にある百人一首にしても、蓮生の依頼などを超越して、後鳥羽院・順徳院への献上を想定した準勅撰集として撰定されたものとは考えられないでしょうか。つまり百人一首は、晩年の定家の最後の野望だったのです。その意味でも百人秀歌の撰集は、不本意なものであったことにならざるをえません。定家は謎を秘めた百人秀歌ではなく、謎のない百人一首をこそ堂々と世に問いたかったのではないでしょうか。

ついでながら百人一首に限らず、和歌には本文異同がしばしば生じています。その原因は一様ではなく、単純な誤写もあるし時代による読みの変容もあるし、推敲(すいこう)されている場合もあります。そのことは百人一首にある万葉集歌を見れば一目瞭然(りょうぜん)でしょう。百人一首においては約一割強の歌に本文異同が認められますが、どれを正しい本文とするかは簡単には決められません。

しかも競技かるたの普及によって、かるた本文が広範に流布しており、必然的に多くの本はかるた本文を採用しています。しかしながらかるた本文制定の経緯は不明であり、必ずしも研究の成果が踏まえられているわけでもないようです。また競技かるた自体、しばしば本文を変更していることも明らかになってきました。ですから百人一首の本文にはいまだ決定版がないのです。これが百人一首の現状です。

第五章　百人一首の見どころ

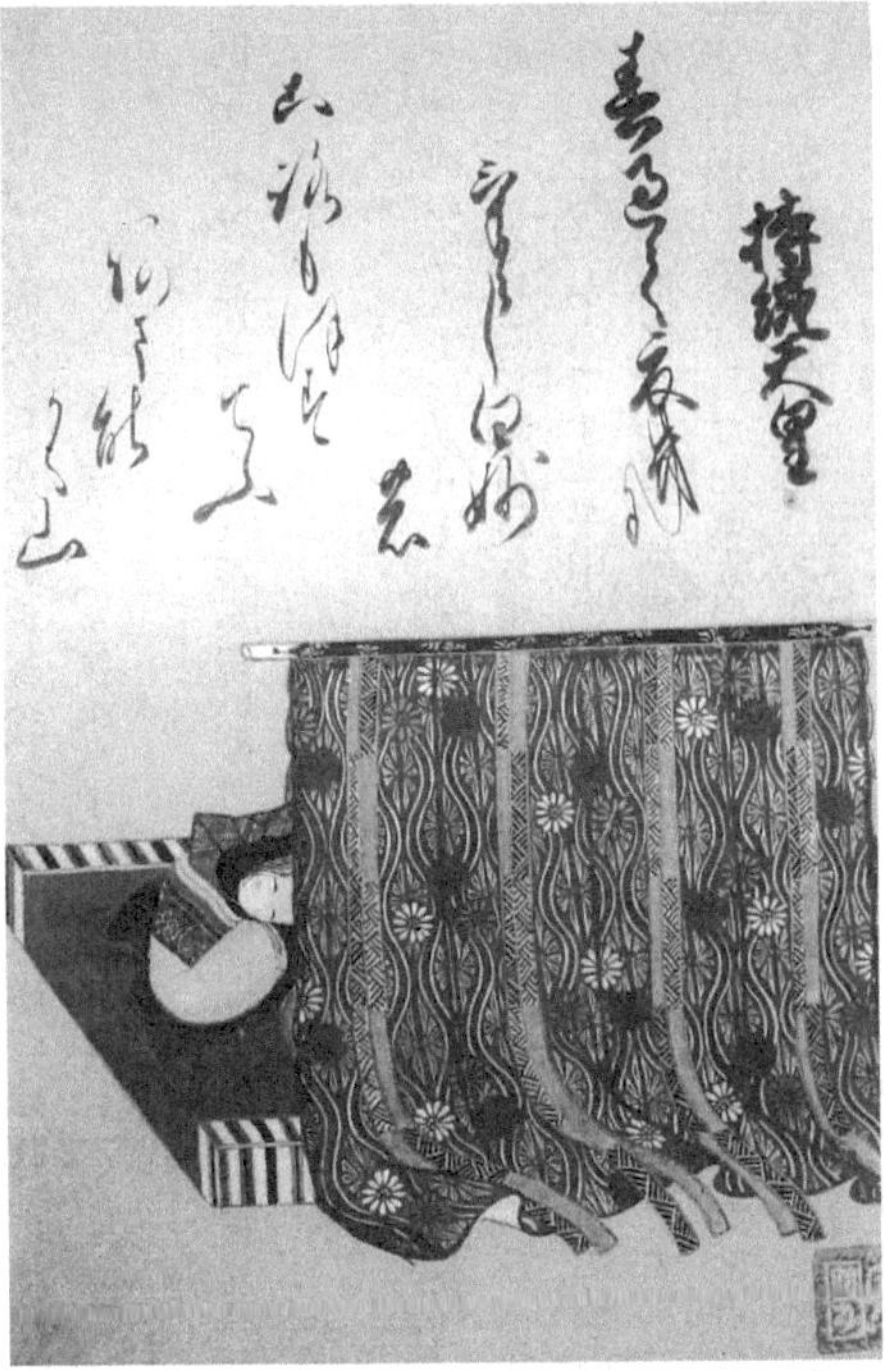

眠れる持統天皇（百人一首手鑑より）

最後は百人一首本文と、各歌に関する基礎知識です。これまで百人一首の全体像を述べてきたわけですが、ここでは各歌の見所（百人一首の壺）を簡単に紹介しておきます。

1　秋の田のかりほの庵のとまをあらみ我が衣手は露にぬれつつ

天智天皇［後撰集秋中・三〇二］六二六年〜六七一年

秋の田に間に合わせに作った小屋は苫が荒いので、私の袖は夜露に濡れ続けています。

天智天皇は決して一流の歌人ではありません。「秋の田の」歌にしても、天智の自作とは考えられないものです。それにもかかわらず、百人一首の巻頭に据えられているのは、天智が平安朝の天皇の皇祖だからです。壬申の乱以降、天皇の系譜は天武系に独占されていました。ところが奈良朝末期になって、天智系の光仁天皇が即位したのです。その光仁の皇子こそは、平安京遷都を実行した桓武天皇でした。つまり平安朝の歴史を語る上で、天智はどうしても欠かせない始祖的人物であり、だからこそ意図的に一番目に配置されているのです。

要するに百人一首は、普通の秀歌撰ではなく、和歌で綴る平安朝小史なのです。光孝の歌と下の句が紛らわしいのも、決してかるた取りを難しくするための処置ではなく、その類似によって天皇歌であることを保証しているのです。

2　春過ぎて夏来にけらし白妙の衣ほすてふ天の香具山

持統天皇［新古今集夏・一七五］六四五年～七〇二年

春も過ぎてはや夏が来たようです。天の香具山に真っ白な衣が干されているところから見ると。

手元にあるかるたで持統天皇の絵札を見て下さい。十二単衣(ひとえ)姿風の持統が描かれているはずです（ごく稀(まれ)には黄櫨染(こうろぜん)姿もあります）。これを見て変だとは思いませんか。持統天皇は奈良朝以前の人物です。それに対して十二単衣は、平安朝を代表する装束とされています。つまり奈良朝の人物が平安朝の衣装を着ているわけです。これはもう時代考証が誤っているとしか言いようがありません。実はそのことが歌の解釈にも関係してくるのです。

持統歌は万葉集に所収されていますが、原典では「春過ぎて夏来たるらし白妙の衣ほしたり天(あめ)の香具山」になっています。従来は万葉集の本文を良しとする意見が多数を占めていました。しかし、少なくともかるた絵は王朝風俗に統一して描かれているわけですから、百人一首の歌としては本文も解釈も平安朝の形式を尊重すべきだと思います。

3 あしびきの山鳥の尾のしだり尾のながながし夜をひとりかもねむ

柿本人丸［拾遺集恋三・七七八］六五八年頃〜七〇八年頃

山鳥の垂れ下がった長い尾のように、私はこの長い夜を一人寂しく寝るのでしょうか。

歌聖と称された柿本人麻呂の歌は、百人一首には撰ばれていません。「あしびきの」歌は、決して人麻呂の歌ではないのです。これは万葉集の作者未詳歌の異伝として、「或本の歌に曰く」という左注を伴って出ている歌なのです。

それだけではありません。万葉集の作者表記が柿本人麻呂、古今集では柿本人麿となっているのに対して、百人一首では柿本人丸となっています。厳密に言うと、「人麻呂」は実際の歴史上の人物名であり、それに対して「人丸」は伝説上の人物名なのです。『人丸集』という歌集も、平安時代になって「人麻呂」の歌以外の伝承歌が寄せ集められて成立したものです。

余談ですが、全国に存する人丸神社など、和歌の神様としてよりも語呂合わせで安産

（人生まる）や防火（火止まる）の神様として信仰されています。

4　田子の浦にうち出てみれば白妙の富士のたかねに雪は降りつつ

山辺赤人［新古今集冬・六七五］七〇〇年頃〜七五〇年頃

田子の浦に進み出て見ると、霊峰富士山に雪がしきりに降っていることです。

これは万葉集の本文と比較された挙句、一方的に百人一首の改悪（写実の「ける」↓幻想の「つつ」）と決めつけられているかわいそうな歌です。そういった主張は万葉集の研究者から提示されているのですが、それに対する中世和歌研究者の反論はどうも歯切れが悪いようです。ここではっきりさせるべきは、万葉集が平安朝においてほとんど読まれていなかったという事実です。万葉集がいわゆる万葉仮名で筆録されているために、平安朝の人達の多くは判読できなかったのです。

もともと万葉集は百人一首の撰集資料ではありませんでした。そのため額田王・大伴旅人・山上憶良などの一流歌人も撰入されていません。新古今集に万葉歌が読みを変えて再録されてはじめて百人一首への道が開かれたのですから、ストレートに両者を比較することには、最初から無理があるのです。

なお赤人の姓は万葉集では「山部」ですが、百人一首では「山辺」になっています。これも伝説化しているのかもしれません。私は積極的に別人の歌として解釈しています。

5　奥山に紅葉踏み分け鳴く鹿の声聞くときぞ秋は悲しき

猿丸大夫〔古今集秋上・二一五〕生没年未詳（古今集歌人）

奥深い山に紅葉を踏み分けやって来て、鹿の鳴き声を耳にすると、秋の悲しさが身に染みて感じられます。

百人一首の中には作者の疑わしい歌が意外に多いのですが、たいていの場合は勅撰集の作者表記でなんとか保証されています。ところが唯一この歌に関しては、古今集の作者表記に、はっきり「読み人知らず」と記されています。頼みの綱である勅撰集ですらも、猿丸大夫の歌であることを否定しているのです。古今集を何度も書写している定家ですから、そのことは十分承知していたはずです。まして定家が八代集から秀歌を抜き出した八代抄においても「よみ人知らず」となっているのですから、これはどうにもなりません。家持の前にあるのも解せません。

ここで百八十度発想を転換してみましょう。百人一首に読み人知らず歌があって、何か困ることがあるのでしょうか。小倉色紙には作者名は記されていないのですから、もし困るとすれば、それは作者像（似せ絵）を伴う場合です。その意味でこの歌は、百人一首を考える上で重要な歌だといえます。

6　かささぎの渡せる橋におく霜の白きを見れば夜ぞ更けにける

中納言家持［新古今集冬・六二〇］七一八年頃～七八五年

天の川の鵲（かささぎ）の橋に霜が置いたように白くなっているのを見ると、随分夜が更けたようです。

大伴家持は万葉集の撰者です。それにもかかわらず、この歌は万葉集に載せられていません。家持自身、この歌を高く評価していなかったのでしょうか。それとも万葉集が成立した後に詠まれた歌なのでしょうか。そういった可能性もありますが、やはり家持の作ではないとするのが妥当なようです。その理由として、『古今六帖』に作者不明の類歌（伝承歌）が出ていることがあげられます。なにより「かささぎ」及び「かささぎの渡せる橋」という表現は、平安朝以降に登場する歌語なのです。

平安朝に至って家持集が編まれた際、家持作以外の歌がたくさん紛れ込んだ中の一首がこれなのでしょう。皮肉なことに、万葉学者からは一顧だにされないこの歌が、百人一首の流行によって家持の代表歌になっているのです。

7　天の原ふりさけ見れば春日なるみかさの山に出し(いで)月かも

阿倍仲麿［古今集羈旅・四〇六］六八九年〜七七〇年

大空を見上げると東の空に月が見えますが、その月は春日にある三笠山に出ていたあの月なのでしょうか。

川柳に「もろこしで詠んだも百の中に入れ」があります。これらは百人一首の中で、仲麿歌だけが舶来であるという異質性を見事に突いているわけです。仲麿は遣唐留学生として中国に赴いたのですが、玄宗皇帝にかわいがられて異常な程に出世しています。そのため帰国できないまま、中国で亡くなってしまいました。ですから仲麿の歌は当然中国で詠まれたことになります。ただし日本語で詠まれたのか、中国語（漢詩）で詠まれたものが和訳されたのかはわかりません。

それにしても仲麿本人が帰国できなかったのに、どうして歌だけが日本に伝えられたのでしょうか。どうやらこれは仲麻呂に託された望郷歌であって、仲麿の自作であるとすること自体疑ってかかる方がいいのかもしれません。ですからここでは本名の仲麻呂ではなく、仲麿と表記しました。

8　わが庵は都のたつみしかぞ住む世をうぢ山と人はいふなり

喜撰法師［古今集雑下・九八三］生没年未詳

私の庵室は都の東南にあり、このように心静かに住んでいます。それなのに世間の人は、この世をつらいと思って宇治山に逃れ住んでいると言っているようです。

三句目「しかぞ住む」の「しか」には、動物の「鹿」が掛けられているかどうかで説が分かれています。この問題は、単に掛詞（かけことば）を認めるかどうかでは済みそうにありません。何故ならば、掛詞を認めるということは、それが歌において有効に機能していることを前提とするからです。この歌の場合、肝心なのは宇治と鹿の結びつきが強いかどうかでしょう。鹿程度の動物であれば、宇治に棲息（せいそく）していたとしても何の不思議もありません。しかし鹿が宇治の名物だとも断言できないのです。

ところが掛詞説には有力な証拠が二つあります。一つは源氏物語椎本（しいがもと）巻の歌に宇治と鹿が一緒に詠まれていることです。そしてもう一つは、平等院鳳凰堂の南側の扉絵に鹿が描かれていることです。これによって宇治と鹿の結び付きは後世に至って保証されているのです。

9 花の色は移りにけりないたづらに我が身世にふるながめせしまに

小野小町 ［古今集春下・一一三］ 八二〇年頃〜八七〇年頃

桜の花はむなしく散ってしまったことです。春の長雨が降っていた間に。そして私の容色も衰えてしまったことです。男女の仲にかかずらわって物思いをしている間に。

古典語の学習において、花は桜の代名詞とされています。それも間違いではありませんが、万葉集においては桜であるよりも梅である方が多いようです。小町の歌など、何の疑問も抱かずに花を桜と決めつけていませんか。もちろん古今集では落花の歌群に配列されているので、少なくとも撰者はこれを桜と解釈していることになります。だからといって小町もそうであったとは断言できません。

実は「移る」という語が問題なのです。原則として、「移る」は空間移動のことです。だから古今集でも落花の歌群に配されているのです。それにもかかわらず、「色移る」の連想から「移ろふ」と混同されてしまい、変色（容色の衰え）の意味で解釈されることが多いようです。でも桜は、変色する前にサッと散ってしまうものではないでしょうか。その点が問題なのです。

10　これやこの行くも帰るも別れては知るも知らぬも逢坂の関

蟬丸［後撰集雑一・一〇八九］八五〇年頃～九〇〇年頃

これがまあ、都から東国へ行く人も、見送って都へ戻る人も、ここで別れ、知っている人も知らない人もここで逢うという逢坂の関なのですね。

伝説上の蟬丸は、盲目であったことになっています。それにもかかわらず、出典である後撰集の詞書には、「行きかふ人を見て」とあります。盲目の蟬丸が見ることなど不可能なはずでしょう。あるいは盲目という伝承自体が怪しいのかもしれません（謡曲蟬丸の影響？）。いずれにせよ、蟬丸が伝説的な人物であることは間違いないようです。

そのためか逢坂の関の近辺には、なんと三つの蟬丸神社が現在も鎮座しています。逢坂の関を境にして、京都よりにあるのが蟬丸神社で、大津よりにあるのが関の蟬丸神社です。もう一つは大津側に下ったところにあり、関の清水蟬丸神社と称されています。この関の清水蝉丸神社が一番有名で、歌枕にもなっています。また蝉丸は、名前に「蝉」とあることによって琵琶(びわ)の名手とされており、いつしか芸能の神様ともなっています。

11 わたの原八十島かけて漕ぎ出(いで)ぬと人にはつげよあまの釣舟

参議 篁(たかむら)［古今集羈旅・四〇七］八〇二年～八五二年

海上はるか多くの島々をめざして船出したと、あの人には知らせて下さい。漁師の釣舟よ。

初句は「和田の原」と表記されることが多いようです。では「わたの原」と読むのでしょうか、それとも「わだの原」と読むのでしょうか。その答えは複雑です。もともと「わた」は清音で、海のことを意味していました。それが鎌倉時代になると清濁両方が用いられ、次第に濁音に統一されていったようです。「わたの原」も同様ですが、面白いことに万葉集には用例がなく、古くは「わたつみ」「わたのそこ」が一般的でした（古代朝鮮語）。どうやらこの歌が「わたの原」の初出例のようです。その後も勅撰集にはほとんど用例がありませんので、必ずしも歌語と断言することはできません。

肝心の清濁ですが、『日葡辞書(にっぽ)』（一六〇三年刊）では濁音表記に固定しています。近世の版本等でもほとんど濁音表記になっているようです。定家の時代に既に濁音が存した可能性もありますので清濁は決めかねるのです。なお「出」は古典では「いで」と読みます。

12　天つ風雲のかよひぢ吹きとぢよをとめの姿しばしとどめむ

僧正遍昭［古今集雑上・八七二］八一六年～八九〇年

空を吹く風よ、雲の中の通い路を吹き閉ざして下さい。舞い終わって帰っていく美しい天女たちの姿を、もうしばらくとどめておきたいから。

遍昭という作者表記には秘伝があります。六条家では「遍照」と表記し、御子左家（みこひだり）では「遍昭」と表記するのだそうです。要するに「照」と「昭」を使い分けているのです。もしそれが本当なら、定家は御子左家の人間ですから、百人一首の作者表記は「遍昭」でなくてはなりません。それが守られているかどうかを確かめてみたところ、例えば最古の注釈書である『応永抄』が「照」としており、必ずしも厳密ではなかったようです。

もっともこの「天つ風」歌は、遍昭が遍昭として詠んだわけではありません。出家前に良岑宗貞（よしみね）として詠んだ歌なのです。ところが歌集の作者表記は最終官職で付けられるため、どうしても時間的なズレが生じてしまうのです。そのため誤解を生み、「遍昭は女に何の用がある」などといった川柳が詠まれるわけです。

13 つくばねの峰より落つるみなの川恋ぞつもりて淵となりぬる

陽成院［後撰集恋三・七七六］八六八年〜九四九年

筑波山の峰から流れ落ちる男女の川が、積もりつもって淵となるように、わたしの恋心も今では淵のように深い思いになっています。

陽成院は勅撰集入集歌数がたったの一首であり、歌人としてはほとんど評価されていません。また純粋に歌のすばらしさによって撰ばれたのでもなさそうです。定家もそれ程評価していません。そうすると百人一首においては、陽成院という人物をどうしてもはずせなかったことになります。

ところで、天皇が何故こんなに激しい歌を詠まなければならないのでしょうか。そう考えると、崇徳院の「瀬をはやみ」歌と共通していることに気付きます。両者ともに天皇としての在位は短く、いわば政治の犠牲になった悲劇的天皇でした。そのやるせない思いが、このような激しい恋の歌となっているのです。この歌は成立時点では恋歌であったかもしれませんが、百人一首では狂気的な激情こそが陽成院の人生の象徴となっていると読めます。

14

陸奥(みちのく)のしのぶもぢずり誰故(たれゆゑ)に乱れそめにし我ならなくに

河原左大臣［古今集恋四・七二四］八二二年〜八九五年

陸奥のしのぶもじずりの乱れ模様のように、私の心は乱れに乱れています。それは他でもないあなたのせいで乱れてしまったのですよ。

この歌の四句目は百人秀歌が「乱れんと思ふ」、百人一首が「乱れそめにし」になっています。古今集においては、定家本系は「乱れんと思ふ」、非定家本系は「乱れそめにし」と大別できます。また伊勢物語が「乱れそめにし」となっています。つまり古今集内部の対立、古今集と伊勢物語の対立、百人秀歌と百人一首の対立という三つの対立が存するのです。

古今集では恋四に配されているので、恋の末期的状況ということになります。ところが「乱れそめにし」には「初(そ)め」が掛けられることから、恋四の配列には似つかわしくありません。そこで定家は古今集の配列にふさわしい「乱れんと思ふ」を採用しているのでしょう。一方「乱れそめにし」だと恋の初期段階となりますから、百人一首では忍ぶ恋と再解釈していることになります。

15　君がため春の野に出(いで)て若菜つむわが衣手に雪は降りつつ

光孝天皇［古今集春上・二一］八三〇年～八八七年

あなたのために春の野に行って若菜を摘んでいる私の袖に、雪がしきりに降りかかっていることです。

天智天皇が平安朝天皇の皇祖だとすれば、光孝天皇も文徳系が廃絶した後の新たな系譜でした。両天皇歌の下句の類似は、単なる偶然ではなさそうです。光孝の場合、本来ならば古親王として生涯を終えるはずでしたが、陽成天皇の廃絶によって突然帝位が舞い込んだのです。もし光孝が即位していなければ、次の宇多天皇・醍醐天皇など存在しないことになります。特に醍醐は古今集編纂(へんさん)の勅命を出した天皇ですから、光孝が即位しなかったら、古今集の編纂は遅れたか、あるいは永遠に編纂されなかったかもしれません。

そうなると光孝は、古今集のみならず平安和歌隆盛の大恩人ということになります。歌人としては無名に近い光孝が百人一首に撰入しているのは、和歌史を語る上で欠かせない人物だからではないでしょうか。

16　立ち別れいなばの山の峰におふるまつとし聞かば今帰り来む

中納言行平［古今集離別・三六五］八一八年～八九三年

今ここでお別れして、私は因幡の国に下向しますが、その因幡山の峰に生えている松のように、あなたが私を待っていると聞いたら、すぐにでも戻って参ります。

二句目の「いなばの山」に関して、因幡・美濃両説があります。『幽斎抄』には「宗祇云、濃州の稲葉山也」とあり、宗祇は美濃説を提唱していたようです。ところが幽斎自身は、「猶因幡の国しかるべきか」と因幡説をとっています。それは『文徳実録』に「従四位下在原行平為因幡守」とあるからでしょう。行平は因幡守に任命されていたのです。

ではこれは、因幡守として赴任する際の挨拶の歌（真淵説）なのでしょうか。それとも任期を終えて因幡国から帰る時の歌（古注説）なのでしょうか。因幡の人に対して「因幡の山」と言うのはおかしいので、やはり都人の視点から「因幡」を歌枕的に表現しているとすべきでしょう。だからこそ「往ぬ」（都から遠ざかる）という掛詞も有効なのです。

17　ちはやふる神代も聞かず龍田川からくれなゐに水くぐるとは

在原業平朝臣［古今集秋下・二九四］八二五年～八八〇年

神代にも聞いたことがありません。龍田川を真っ赤な紅葉がちりばめ、川を絞り染めにするということなど。

この歌は落語でもお馴染みですが、落語の出し物としては「千早ふる」と清音になっています。最近流行しているマンガも「ちはやふる」ですね。それでよさそうです。ところで、注釈の世界で昔から問題にされているのは五句目です。現在では「水くくるとは」と清音で発音するのが一般的です。

ところが肝心の定家はというと、どうも濁音説だったようなのです。そのことは定家自身の説を載せた『顕注密勘』という古今集の注釈書に、「潜字をくぐるとよめり」とあることからわかります。では清音と濁音でどう違うのかというと、清音の場合は川を反物に見立てた括り染めとなります（屏風絵的）。一方濁音の場合は、川全体が錦織りとなります。こちらの方が前代未聞の現象としては相応しいのではないでしょうか。

18　住の江の岸による波よるさへや夢の通ひ路人目よくらむ

藤原敏行朝臣［古今集恋二・五五九］八五〇年～九〇七年頃

住の江の岸に寄る波ではありませんが、昼だけでなく夜までも、さらにその夢の中の通い路さえも、あなたは人目をさけようとなさるのでしょうか。

「夢の通ひ路」という表現はこの歌が初出であり、以後もほとんど用いられていない特殊表現のようです。敏行歌には「夢の直路（ただじ）」という類似表現も見られますが、これも事情は同じで、歌語として流行した形跡はありません。そもそも「夢路」でさえも、必ずしも一般的ではありませんでした。「夢路」は古今集に五例、後撰集に八例も詠まれているにもかかわらず、拾遺集以降は新古今集に至るまで詠まれていないからです。そのためこの歌の評価も低かったようで、公任・俊成・後鳥羽院の秀歌撰には撰入されていません。

ところが定家はこの歌を唐突に高く評価しているのです（定家作の『松浦宮物語』には「夢の直路」が五回も用いられています）。結局この歌も百人一首に撰入されたことによって、敏行の代表歌として確立したことになります。

19　難波潟短き葦のふしのまもあはでこの世をすぐしてよとや

伊勢［新古今集恋一・一〇四九］八七五年頃～九四〇年頃

難波潟に生えている葦の節の間のような短い間も、逢わずにこの世を過ごせとあなたはおっしゃるのですか。

驚かれる方が多いと思いますが、葦の節の間は決して短くありません。植物学者牧野富太郎の本にも「節間は長い」と書かれています。もっとも長いか短いかは相対的なものですが、植物学的には同類のイネ科の植物の中では長い方なのです。実際、葦は四メートルほどに成長しますから、節の間も長いものだと三十センチ以上になります。だからといって葦の節の間すべてが長いわけではありません。葦の高さにしても、季節によって成長段階によって異なります。また一本の葦を見ても、上から下まで等間隔ではありません。

実は平安朝の和歌を探っても、「短き葦」という表現はこの歌以外に見出せないのです。どうやらここでも百人一首の魔法にかかって、「葦の節間は短い」という幻想が長年横行しているのではないでしょうか。

20 わびぬれば今はた同じ難波なる身をつくしても逢はむとぞ思ふ

元良親王［後撰集恋五・九六〇］八九〇年～九四三年

噂が立って思い悩んでいるのですから、今となってはもう同じ事です。難波の澪標のように、身を尽くしてもお逢いしたいものです。

この元良歌は、後撰集の詞書によれば、京極御息所との密通が露見した後、なお身をつくしても逢いたいと歌った不倫の歌です。ただし重複してとられている拾遺集では、「題知らず」の歌になっており、密通という歌の背景が消去されています。そのことは、後撰集では恋五（恋の末期状況）に配列されているのに、拾遺集では恋二（恋の初期状況）に配されていることからも読みとれます。

ところで三句目の「難波なる」ですが、本来難波は「葦」を導く枕詞でした。八代集においても、難波が「みをつくし」と結びついた例はこれ以外に見当たらないようです。あるいは難波に「名」が掛けられたために、澪標とうまく融合したのでしょうか。定家はむしろその斬新さを高く評価しているようです。

21　今来むといひしばかりに長月の有明の月を待ち出づるかな

素性法師［古今集恋四・六九一］八四五年頃〜九〇九年頃

すぐに来るよとあなたがおっしゃったものだから、それをあてにして毎夜待っているうちに、いつしか秋も更け、九月下旬の有明の月が出るのを待ち明かしてしまったことです。

この歌は素性が女の立場で詠んだものですが、待ち時間に関して二説が対立しています。顕昭は、秋の長夜を一晩中待ち明かす一夜説を主張しています。それに対して定家は、『顕注密勘』で「今こむといひし人を月来まつ程に、秋もくれ月さへ在明になりぬぞとよみ侍りけん」と月来説（数か月）を提唱しているのです。

それに対して契沖は古今集の配列に注目し、この歌が恋四の「待恋」歌群にあることから、一夜説が正しいことを論じています。確かに古今集の解釈としては、契沖の言うように一夜説の方が妥当でしょう。しかし古今集ではそうだとしても、だからといって百人一首を一夜説で解釈する必然性はありません。百人一首の鑑賞としては、むしろ物語性・浪漫性を有する月来説こそはふさわしいのです。

22 吹くからに秋の草木のしをるればむべ山風を嵐といふらむ

文屋康秀［古今集秋下・二四九］八四〇年頃〜八九三年頃

吹くとすぐに秋の草木がしおれるので、なるほどそれで山から吹く風を嵐というのですね。

文屋康秀は六歌仙の一人ですが、家集等の資料は現存しておらず、勅撰集入集歌もわずかに六首しかありません。まして「吹くからに」歌については、契沖が息子の朝康歌であるという説を提唱して以来、現在ではそれがほぼ通説となっています。

もちろん定家は、古今集の作者表記を踏襲して、康秀歌として百人一首にとっているのでしょう。その証拠に、定家本系の古今集では全て康秀で統一されています。ところが高野切などの非定家本系の異本には「ふんやのあさやす」と記されており、朝康歌とした方が妥当かもしれません。そうなると百人一首には、朝康の歌だけが二首撰入されていることになります。しかもその二首は、ともに秋風によって冒される草木を詠じた類似歌でした。

なお「むべ」は『万葉集』では「うべ」と発音されていたようですが、平安朝以降は「むべ」と言っているようなので、ここでは「むべ」と読んでおきます。

23　月見れば千々にものこそ悲しけれわが身ひとつの秋にはあらねど

大江千里［古今集秋上・一九三］八六〇年頃～九二一年頃

秋の月を見ると、いろいろともの悲しくなります。何も私一人のための秋ではないのに。

漢詩の翻案は宇多朝歌壇における流行現象であり、特に千里の得意とするところでした。この歌も白楽天の「燕子楼」詩三首中の「燕子楼中霜月夜、秋来只一人為長」句を和歌に翻案していると見て間違いありません。

「月」と「我が身」・「千」と「一」と二つも対句表現が用いられているのも、漢詩の特徴でした。その技法は業平の「月やあらぬ春や昔の春ならぬ我が身ひとつはもとの身にして」（伊勢物語）歌を嚆矢（こうし）とします。下句についても、『元氏長慶集』（げんしちょうけいしゅう）の「秋非我独秋」や、『菅家後集』の「此秋独作我身秋」があり、やはり漢詩のパターンだったようです。大江氏は菅原氏と共に漢学の家ですから、千里の代表歌はそれを象徴するにふさわしい漢詩を踏まえた歌が撰ばれているわけです。

24 このたびは幣（ぬさ）もとりあへず手向山紅葉の錦神のまにまに

菅家［古今集羈旅・四二〇］八四五年～九〇三年

今度の旅は急だったので、幣を準備する暇もありませんでした。神様、この手向山の美しい紅葉を、幣としてお心のままにお受け下さい。

道真の歌は、昌泰元年（八九八）に行われた宇多院の宮滝御幸で詠まれたものです。紅葉を幣として手向けるという発想（紅葉讃美（さんび））は、この折に詠まれた素性歌にも見られますから、必ずしも道真の創造とは言えませんが、宮滝御幸によって評判になった可能性はあります。四句目の「紅葉の錦」は、万葉集には見られない表現です。陳腐なようにも思えますが、古今集にもこの歌一例しかありません。紅葉を錦に見立てるのは漢詩的発想でしょうが、「紅葉の錦」という斬新な表現を醸成したのは道真のようです。

どうやら道真の代表歌も、漢学の家にふさわしいものが撰入されているようです。そうなると23・24番は歌のみならず人物の好対照として、意識的に組み合わせられていることになります（菅原氏と大江氏はもと同族）。

25　名にしおはば逢坂山のさねかづら人に知られでくるよしもがな

三条右大臣［後撰集恋三・七〇〇］八七三年～九三二年

逢って寝るという名をもっているのなら、その「さねかづら」を繰るように、誰にも知られないで逢いに行く方法があればいいのになあ。

「来る」は古典の重要基本単語の一つです。これを現代的に解釈すると、女が男の家に来ることになってしまいます。しかし当時の風俗として、女はひたすら男の来訪を待つものでした。そのため契沖のような大学者でさえ、さね葛(かずら)を手繰り寄せるように女をなびかせたいと苦しい解釈をしています。賀茂真淵にしても、女性と逢った後に人知れず帰って来たいと曲解を提示しているのです。

この誤りは現代まで継承されているので、笑い事では済まされません。要するに、古語と現代語の「来る」は意味が相違するのです。古語の「来る」は自己中心的な見方ではなく、心を恋する女性の許(もと)に置き、そこに自分が近付く意味なのです。すなわち現代語では、「来る」の反対の「行く」に該当します。それが正解です。

26 小倉山峰のもみぢ葉心あらば今ひとたびのみゆき待たなむ

貞信公［拾遺集雑秋・一一二八］八八〇年〜九四九年

小倉山の紅葉よ、もし心があるのなら、もう一度の行幸まで散らないで待っていてほしい。

小倉山は、もともと「小暗い」の掛詞であり、紅葉とは無縁の場所でした。小倉山の紅葉が有名になったのは、宇多院の大堰川御幸の折、小倉山の紅葉が勅題になり、多くの歌が詠じられたことによるのです。この御幸以後、紅葉の新名所として確立していったのですから、小倉山にとって忠平歌は、非常に重要な意味を持っていたことになります。

もっとも貞信公の歌は、小倉山の紅葉の美しさを詠じているわけではありません。これは宇多院の御意に従い、醍醐天皇の行幸を促すべく即興的に詠じられた歌でした。ですから厳密に言えば、紅葉の勅題で詠まれた歌とは異なるはずです（「みゆき」は非歌語）。しかしその折に勅題で詠まれた歌は残っておらず、番外で詠まれたこの歌が、小倉山を紅葉の新名所とした手柄を独り占めにしているのです。

27　みかの原わきて流るる泉川いつ見きとてか恋しかるらむ

中納言兼輔［新古今集恋一・九九六］八七七年～九三三年

みかの原を分けて流れる泉川、その泉の「いつみ」ではありませんが、いつ逢ったというのでこんなに恋しいのでしょうか。

この歌は『兼輔集』にありませんから、どうも兼輔の自作ではなさそうです。古今六帖所収の伝承歌（作者未詳）を新古今集に撰入した際、勅撰集の作者表記の法則を援用したため、読み人知らず歌を誤って兼輔作にしてしまったらしいのです。

しかしそれだけでは済みません。というのも俊成の『古三十六人歌合』に、この歌が兼輔歌として撰入されているからです。つまりこの歌を兼輔歌と認定したのは、俊成だったことになります。新古今集の撰者注記には定家の名が見えているので、おそらく定家は父の説に従ってこれを兼輔歌としたのでしょう。また後鳥羽院も『時代不同歌合』にこの歌を兼輔の秀歌として撰入しています。それが兼輔の代表歌として確立するのですから、兼輔はあの世で苦笑いしているに違いありません。

28　山里は冬ぞ寂しさまさりける人目も草もかれぬと思へば

源宗于(むねゆき)朝臣［古今集冬・三一五］八八〇年頃～九三九年頃

山里は冬が格別に寂しく感じられます。人が訪ねて来なくなり、草も枯れてしまうと思うので。

『是貞親王家歌合』において、興風(おきかぜ)が「秋くれば虫とともにぞなかれぬる人も草葉もかれぬと思へば」と詠んでいます。おそらく宗于歌はこの興風歌を本歌として、季節を秋から冬へずらし、山里の冬の寂しさを提起しているのでしょう。

ところで「山里」は、万葉集には用例がありません。やはり漢詩文から和歌に援用された表現でした。しかも漢詩における「山里」は一種の理想郷であり、必ずしも寂しい世界ではありません。寂しさは決して負のイメージではなく、観念的に構築された美意識の世界なのです。特に中世の歌人達は、山里の冬の寂しさの中に人間的な寂寥感を見るのではなく、その寂しさの境地をいかに歌に詠じるかを模索していました。おそらく宗于自身も冬の寂しさを強調しているのではなく、言語遊戯的に詠じているのでしょう。

29　心あてに折らばや折らむ初霜の置きまどはせる白菊の花

凡河内躬恒（おおしこうちのみつね）［古今集秋下・二二七］八七〇年頃〜九三〇年頃

心して折るなら折ることができるでしょうか。初霜が置いたために、見分けがつかなくなった白菊の花を。

菊は国産ではなく、中国からの輸入品でした。その証拠に万葉集には菊の用例が一例も見当たりません。平安初期の漢詩文に導入された後、古今集以降の和歌にも詠まれるようになりました。ですからその背景には、白楽天の「重陽席上賦白菊」など、漢詩文の伝統が踏まえられているのです。しかし躬恒集には同趣向の歌が何首か見られますから、漢詩の翻案から和歌表現としての独自性を模索していたことがうかがえます。

もちろん躬恒は、実際に晩秋の早朝を見て詠んでいるわけではありません。この歌は、あくまで見立てによる幻想です。晩秋の早朝の印象を主観的に誇張して詠じることにより、霜と白菊の透き通るような白いイメージを喚起させることに成功しているのです。

30 有明のつれなく見えし別れより暁ばかり憂きものはなし

壬生忠岑（みぶのただみね）［古今集恋三・六二五］八七〇年頃～九三〇年頃

後朝（きぬぎぬ）の別れの空にかかる有明の月を見てから、暁ほどつらく悲しいものはありません。


二句目の「つれなく見えし」には、つれないのは人（女）か月かという二説が対立しています。契沖は古今集の配列から不逢帰恋と規定し、つれないのは逢ってくれない冷淡な女説を提示しています。古今集の解釈としてはそれが正解でしょう。だからといって、百人一首まで同じように解釈する必要はありません。

むしろ定家は、「女のもとより帰るに、我は明けぬとて急ぐに、有明の月は明くるも知らず、つれなく見えし也」（顕注密勘）のように、月説（逢別恋）と解釈しているのですから、百人一首としては月説がふさわしいはずです。おそらく定家は、後朝の別れの哀愁（人事）と無情の月（自然）とを対比構造としてとらえているのでしょう。その無情な月には、かえって中世的官能美（浪漫と妖艶と余情）の世界が感じられます。

31　朝ぼらけ有明の月と見るまでに吉野の里に降れる白雪

坂上是則［古今集冬・三三二］八八〇年頃～九三〇年頃

夜が明け始める前、有明の月が照っているのかと思うほどに、吉野の里に降りつもっている雪の白いことよ。

吉野の雪については、深雪か薄雪かで説が分かれています。契沖は例によって古今集の配列を根拠として、非薄雪説を主張しています。しかしこの歌は山ではなく里となっている点が問題なのです。山と里では標高差があるので、山では雪、里では時雨が普通でしょう。当然吉野の雪は山と共に詠まれており、里と結合した歌は他に見当たりません。是則集や古今六帖、及び古今集の有力な古写本・切れなどでは、「吉野の山に」となっているものがあるので、あるいは是則自身も山と詠んだのかもしれません。

しかし定家は「里」本文を採用しているのですから、むしろその差異をこそ重視すべきでしょう。つまり『応永抄』に「里にふれるしら雪とはうすき雪に侍るべし」とあるように、里においては薄雪の方がより新鮮な驚きになるのです。

32 山がはに風のかけたるしがらみは流れもあへぬ紅葉なりけり

春道列樹（はるみちのつらき）［古今集秋下・三〇三］八八〇年頃～九二〇年頃

山川に風がかけたしがらみとは、流れきらないでせきとめられた紅葉だったのですね。

『応永抄』に「風のかけたるしがらみは誠にはじめて云出たる妙処也」とあるように、二句三句は全く独自な表現で、万葉集はもとより八代集にもこの歌以外に用例がありません。また「しがらみ」と「紅葉」の結合も、この歌が初出のようです。

ところで、百人一首には紅葉の歌が六首もあり、間違いなく定家の好みと考えられます。注意すべきは、その全てが散った紅葉だということです。川に散った紅葉は、業平によって「からくれなゐ」に見立てられ、また道真によって「紅葉の錦」と表現されているのですが、この歌ではそれを「風のかけたるしがらみ」とした点に新鮮味が感じられます。おそらくこの歌は実景ではなく、幻想的な心象風景（屏風絵的世界）として、中世歌人達に再評価されたのではないでしょうか。

33　久方の光のどけき春の日にしづごころなく花の散るらむ

紀友則［古今集春下・八四］八五〇年頃〜九〇五年

のどかに陽が射している春の日に、どうして桜の花は落ち着いた心もなく慌ただしく散るのだろうか。

初句「久方の」は、天・雲・空・月などにかかる枕詞ですが、「光」にかかった例はほとんどありません。そこでやむをえず「日の光」と言うべきところを略したとか、続く「春の日」にかかるとされています。しかしながら「日」にかかる用例もほとんど見られないので、この代案も正解とは言えません。

都合の良いことに、古今集には「ひさかたの昼夜わかず」という歌があります。そうなると天象としての「日」ではなく、「光」「昼」「日」の「ひ」という同音を導く枕詞と考えるべきでしょう。それを先例として、源氏物語松風巻では「ひさかたの光に近き名のみしてあさゆふ霧も晴れぬ山里」と詠まれています。つまり「久方の」は、源氏物語流行の中で「光」にかかる枕詞に昇華しているのです。

34 誰(たれ)をかも知る人にせむ高砂の松も昔の友ならなくに

藤原興風［古今集雑上・九〇九］八七〇年頃〜九二〇年頃

一体誰を昔からの友達としましょうか。高砂の松の他に誰もいませんが、その松にしても、決して昔からの友ではないものを。

三句目の「高砂」は、古今集仮名序に松の名所として見えており、有名な歌枕だったことがわかります。しかし「高砂の尾上の桜」（七三）のように、普通名詞的に用いられている例も少なくありません。歌枕として限定解釈すると、普通ならば名高い高砂の松を賞讃するはずですが、興風は逆に松によって一層孤独を深めており、歌枕のイメージを変形させた点に面白みがあることになります。

ところで百人一首では、興風歌の次に貫之歌が配されています。この二首は「松も昔の」と「花ぞ昔の」という類似構造になっています。さらに人と自然の対照を主題としながら、興風は自然と人間の違和感を、貫之は自然の不変と人間の変化を歌っている点、まさに好対照ではないでしょうか。

35
人はいさ心も知らずふるさとは花ぞ昔の香に匂ひける
紀貫之［古今集春上・四二］八七二年頃～九四五年頃

あなたはさあどうでしょう、お気持ちもわかりませんが、故郷の奈良では梅の花が昔のままに咲き匂っています。

三句目の故郷とは、第一に旧都のことを新都から言う場合に用います。具体的には平安京からは平城京を、平城京からは藤原京を指すわけです。二番目は各氏族の本拠地を指します。この場合はどうでしょうか。古今集の詞書に「初瀬に詣づるごとに宿りける人の家に」とあることから、この歌は初瀬で詠まれたと考えられてきました。ところが初瀬は旧都ではありません。また貫之と初瀬の結びつきも、この歌以外には一切認められません。そのためこの歌を根拠として、無理矢理初瀬を貫之の故郷にしてしまっているものもあります。

私はこの故郷は梅にも相応しい旧都奈良だと考えています。奈良は京都から長谷寺参詣の途中にあるわけで、その中宿りと見れば何の支障もありません。そもそも初瀬詣での宿だから初瀬でなければならないという発想が、根本的に間違っているのです。

36　夏の夜はまだ宵ながら明けぬるを雲のいづこに月宿るらむ

清原深養父（ふかやぶ）［古今集夏・一六六］八八〇年頃〜九三〇年頃

短い夏の夜は、まだ宵と思っているうちに早くも明けてしまいました。月も西山まで行きつく暇がなかったようなので、雲のどのあたりに宿っているのでしょうか。

この歌の問題点は、五句目の「月宿る」にあります。歌語としての「月宿る」は、古今集ではこの歌一首しかないのです。また後撰集以降詞花集まで用例が見当たりません。千載集以下の用例にしても、大半が秋部の歌であり、夏部の歌は一首もないのです。要するに深養父歌は特殊表現なのです。

では月は、夏の季節にふさわしいものでしょうか。一般的に月は、秋の風物とされています。そうなると深養父の歌は、詞書に「月のおもしろかりける夜、暁方（あかつきがた）によめる」とあっても、必ずしも夏の月を美的にとらえたものではなく、むしろ観念の面白さを主眼としていることになります。おそらくこの歌が下敷きとなって、『枕草子』初段の「夏は夜、月の頃はさらなり」も書かれているのでしょう。なにしろ清少納言は深養父の曾孫（そうそん）ですから。

37

白露に風の吹きしく秋の野はつらぬきとめぬ玉ぞ散りける

文屋朝康［後撰集秋中・三〇八］八七〇年頃〜九一〇年頃

草の上の白露に風が吹く秋の野は、糸で止めていない玉が散り乱れるように見えます。

後撰集の配列を見ると、この歌は秋の中巻に配されています。そうすると後撰集の解釈としては、草花の咲き乱れる初秋の野原ではなく、既に花は大方枯れてしまっている荒涼とした情景ということになりそうです。その風景にふさわしい草は、おそらく薄(すすき)か萩でしょう。もちろんこれを後撰集の配列から切り離して、咲き乱れる花と露の華麗な対比と再解釈してもかまいません。

実はこの歌には、定家好みの言葉が三つも含まれていました（白・風・秋）。また露は涙の喩(たとえ)であり、その露が玉散る風情からは、悲恋さえも想像されます。そうなると自然の情景の裏側に、人生の述懐を幻視することも可能となります。季節のずらしだけでなく、自然と人事の詠み換えこそが、百人一首の再解釈なのです。

38

忘らるる身をば思はず誓ひてし人の命の惜しくもあるかな

右近［拾遺集恋四・八七〇］九二〇年頃～九六六年頃

忘れられる私のことなど何とも思いません。ですが神前にお誓いになったあなたのお命がなくなるのではと惜しまれてなりません。

この歌の「人」とは一体誰でしょうか。後撰集や『大和物語』にある右近の歌の配列からすると、問題の男性は敦忠と思われます。敦忠は藤原時平の三男であり、菅原道真の怨霊に呪われた不幸な家系でした。そのため自らも、「われは命短き族なり。必ず死なむず」（大鏡）と短命を予見していたようです。その上にこうして神仏の誓いまでも破ったのですから、早死にしても仕方ありません。果たせるかな敦忠は、三十八歳の若さで亡くなっています。

もっとも『大和物語』に「忘れじと頼めし人はありと聞くいひし言の葉いづちいにけむ」という右近の歌があるので、これを信じれば相手の男は神罰など被っていないことになります。もともと「誓う」という語は、言葉以外に保証のない不安定な関係に用いられるものですから、常に逆説的な危うさを伴っていたのです。

39

浅茅生の小野の篠原しのぶれどあまりてなどか人の恋しき

参議等（ひとし）［後撰集恋一・五七七］八八〇年～九五一年

浅茅が生えている小野の篠原、その「しの」ではありませんが、もうこれ以上忍びきれません。どうしてこんなにあなたのことが恋しいのでしょうか。

この歌は、本歌とされる「浅茅生の小野の篠原しのぶとも人知るらめやいふ人なしに」（古今集）歌と上句がほとんど一致しており、盗作と言われても仕方のないものでした。もっとも『古今六帖』にある「浅茅生の小野の篠原忍ぶとも今は知らじなとふ人なしに」歌も含めて、初二句が同音の「しのぶ」を導き出す序詞（じょことば）だとすれば、下句における強烈な恋愛感情表現をこそ評価すべきでしょう。

しかしながら「小野の篠原」という表現は、前述の二首以外には八代集に見当たりません。歌語としては全く未熟であり、歌枕化していなかったことがわかります。もともと小野に浅茅と篠の両方がかかるというのは奇妙なのです。どうやら「小野の篠原」が歌語として定着するのは、この歌が百人一首に撰入されて以降と見て間違いなさそうです。

40

忍ぶれど色に出（いで）にけりわが恋はものや思ふと人の問ふまで

平兼盛［拾遺集恋一・六二二］九三〇年頃～九九〇年頃

忍びに忍んでも、私の恋心はつい顔に出てしまったようです。誰かを恋している
のかと人が尋ねるほどまでに。

『天徳内裏歌合』で忠見歌と兼盛歌が組み合わせられた後、常に二首一組で鑑賞されてきました。定家の唯一の抵抗といえば、歌合における左右を逆転させていることくらいです。すなわち歌合では忠見（左）・兼盛（右）の順であったのが、百人一首では兼盛（四〇）・忠見（四一）になっているのです。この歌順の変更に関して今まで問題にされたことは一度もありませんでした。もちろん単純に歌合の勝敗を考慮して、勝った兼盛歌を先にしているとも考えられますが、それなら負けた忠見歌を切り捨てるのが手っ取り早いはずです。

百人一首の中には、もと贈答歌であったものが何首か含まれていますが、一対でとられているのはこの二首だけです。他は贈答の片割れだけが撰入されているのですから、この二首の結束力には驚かざるをえません。

41　恋すてふわが名はまだき立ちにけり人知れずこそ思ひそめしか

壬生忠見［拾遺集恋一・六二一］九一〇年頃～九八〇年頃

恋をしているという私の噂は、早くも世間に広まってしまいました。人に知られないように心の中でこっそり思い初めたのに。

忠見と兼盛の歌人としての力量について、勅撰集入集歌総数から判断すると、兼盛八十六首・忠見三十七首であり、兼盛の方が圧倒的に多いことがわかります。それを勅撰集別の入首状況から見ると、後撰集から金葉集までは、やはり兼盛の方が断然優勢でした。しかしながら新古今集に至ると、忠見歌が五首とられているのに対して、兼盛歌は一首もとられていません。その後の勅撰集でも、忠見の方がやや優勢のようです。

もちろん秀歌は先にとられるので、必ずしも兼盛が劣勢とは断言できませんが、百人一首の時点では評価が逆転していた可能性があります。特に『奥義抄』において兼盛歌に盗作の疑いがかけられてからは、むしろ忠見歌をよしとする声の方が高くなっているようです。これも日本人特有の判官贔屓（はんがんびいき）かもしれません。

42　契りきなかたみに袖をしぼりつつ末の松山波こさじとは

清原元輔［後拾遺集恋四・七七〇］九〇八年〜九九〇年

約束しましたよね。お互いに何度も袖をしぼって、あの末の松山を波が越えることがないように、二人の仲も末長く変わらないと。それなのに。

二句目の「かたみに」からすると、最初は相思相愛の仲だったのでしょう。また「かたみに」に「難み」が響いているとすると、禁じられた恋だったかもしれません。そもそも「契る」という行為には、最初から裏切りの可能性が秘められているのです。それは右近歌の「誓ひ」や、儀同三司母歌の「忘れじ」にも共通しています。「末の松山」という歌枕自体、絶対に波は越えないという信頼のイメージではありません。むしろ相手の心変わりを恨む歌に用いられるのが普通でした。

そう考えると、この歌は男に捨てられた女の嘆きのように思われますが、実は心変わりしたのは女の方でした。その女性は右近と同様に宮廷に仕える女房なのでしょうが、意外にたくましく生きていたことがわかります。

43　逢ひ見ての後の心にくらぶれば昔はものを思はざりけり

権中納言敦忠［拾遺集恋二・七一〇］九〇六年～九四三年

あなたと契りを結んだ今の恋しさに較べると、以前の物思いなど無きに等しいものでした。

この歌は、歌題を「逢恋」（後朝）とするか「逢不逢恋」とするかという大きな問題を抱えています。拾遺抄恋上には「はじめて女のもとにまかりて、又のあしたにつかはしける」とあるので、本来は後朝の歌だったのでしょう。しかし拾遺集では恋二「題知らず」に変容しており、また八代抄では恋三に配列しているので、定家はむしろ「逢不逢恋」と解釈していたようです。

拾遺集と拾遺抄で配列や詞書が異なっているとすると、そのどちらを出典とするかによって、自ずから注釈書の解釈も分かれてきます。古注で「後朝」説が多いのは、おそらく拾遺抄に依っているからでしょう（古くは拾遺集より拾遺抄の方が権威がありました）。反対に新注で「逢不逢恋」説が多いのは、拾遺集を出典としているからではないでしょうか。

44　逢ふことの絶えてしなくはなかなかに人をも身をも恨みざらまし

中納言朝忠［拾遺集恋一・六七八］九一〇年〜九六六年

いっそ逢うことがないのなら、かえってあなたのつらさも我が身のはかなさも、恨まないで済んだのに。

朝忠歌も、歌題を「未逢恋」とするか、「逢不逢恋」とするかで説が分かれています。『天徳内裏歌合』では「逢はざる恋」の歌でした。また拾遺集・拾遺抄ともに恋一に配列されているので、「未逢恋」(恋の初期段階)と解釈していることになります。ところが八代抄では、やはり恋三の逢った後の恋心を詠んだ歌群に配置換えされているのです。つまり定家は『天徳内裏歌合』以下の「未逢恋」(初恋)としてではなく、やや屈折した「逢不逢恋」の歌として再解釈しているのです。

これは四〇・四一番の「忍恋」に対して、四三・四四番を「逢不逢恋」として組み合わせているのかもしれません。なお『改観抄』には、「右二首官位のほど人のほど又歌心も似たるを一類とす」と記されています。

45　あはれともいふべき人は思ほえで身のいたづらになりぬべきかな

謙徳公〔拾遺集恋五・九五〇〕九二四年～九七二年

私のことをかわいそうだといってくれるはずの人は思いあたらないので、私はこのままむなしくなってしまいそうです

　この歌には、二句目の「人」をどのように解釈するかという問題があります。もちろん出典である『一条摂政御集』では女性との贈答歌になっているし、拾遺集でも「ものいひ侍りける女」に詠んだ歌となっているので、相手は女性（つれない恋人）で間違いありません。男の未練という意味では、四二番歌の詠歌状況と類似していることになります。
　しかし贈答という枠をはずして独詠歌的に考えれば、たちまちに恋歌から人生の孤独を詠じた述懐歌に変貌（へんぼう）できるのです。と言うよりも、むしろ恋歌に限定解釈しないことこそ、百人一首歌の解釈としてふさわしいのではないでしょうか。その意味では表向きは世間一般の人と解釈し、その裏に恋人の意を含むとする『色紙和歌』（注釈書）の説が最も妥当でしょう。

46　由良の戸をわたる舟人かぢをたえ行くへも知らぬ恋の道かな

曾禰（そね）好忠［新古今集恋一・一〇七一］九五〇年頃～一〇〇二年頃

由良海峡を漕（こ）ぎ渡る舟人が、かいがなくなって（梶緒が切れて）途方にくれているように、私もどうしていいのかわからない恋をしています。

好忠歌のポイントは、三句目の「かぢを絶え」にあります。「絶ゆ」は自動詞であるにもかかわらず、従来の注釈書は他動詞風に「失って」と解釈しているからです。「絶え」が自動詞だとすると、次にその直前にある「を」が問題となります。他動詞であれば、目的格を表す格助詞として処理できるのですが、自動詞となるとやっかいなのです。そのため「を」を間投助詞と見る説がありますが、「かぢ絶えて」という本文異同が皆無である点に不安が残ります。そこで「を」を助詞ではなく、名詞「梶緒」として解釈する説が浮上してきました。それは『夫木和歌抄』「梶楫」の項に、「契りこそ行方も知らね由良の門や渡る梶緒のまたも結ばで」という為家歌が出ているからです。「梶緒」説はいかがでしょうか。

47

八重葎しげれる宿のさびしきに人こそ見えね秋は来にけり

恵慶法師［拾遺集秋・一四〇］九五〇年頃～一〇〇〇年頃

葎が幾重にも生い茂っているこのさびしく荒れた家に、人は誰も訪ねては来ませんが、秋だけは忘れずにやって来たことです。

ここでは「葎の宿」に注目してみましょう。源氏物語帚木巻には、「さびしくあばれたらむ葎の門に、思ひの外にらうたげならむ人の閉ぢられたらむこそ限りなくめづらしくはおぼえめ」という一節があります。「葎の宿」とは単に荒れ果てた邸（やしき）の寂しい風景ではなく、来ない男の訪れをずっと待ち続ける美女の住む家だったのです。そう考えると、一種の美意識として確立していたことになります。

ところで百人一首の配列を見ると、三八番から五四番まで恋の歌が並んでいます。その中で四七番だけが秋の歌なのです。ですからこの「八重葎」歌も、恋物語的に再解釈した方が、配列としても自然ではないでしょうか。少なくとも、定家がこの歌の中に源氏物語世界を看取していたことは間違いないようです。

48　風をいたみ岩うつ波のおのれのみくだけてものを思ふころかな

源重之（しげゆき）［詞花集恋上・二一一］九四〇年頃～一〇〇〇年頃

風が激しいので、岩にあたる波だけが砕けるように、あなたは平気かもしれませんが、私は物思いに心を砕いています。

百人一首には、「もの思ふ」歌が比較的多いという特徴があります。調べてみると、「もの思ふ」（八五・九九）、「ものや思ふ」（四〇）、「ものを思ふ」（四三・四八・四九・八〇・八六）の八首もみつかりました（四〇番台と八〇番台に集中しています）。これに「思ひぬる」（五〇）・「燃ゆる思ひ」（五一）を加えると、なんと四八番から五一番まで述懐歌が四首も連続していることになります。

この歌の面白さは、岩が単なる風景としてではなく、相手の冷淡さや頑（かたく）なに閉ざされた心の喩として機能している点にあります（有心の序）。岩にぶつかり、砕け散るしかない恋は、片恋（身分違いの懸想？）でしょうか。「み」語法の活用を含めて、崇徳院の「瀬をはやみ」歌の本歌とも言えそうな歌です。

49　みかきもり衛士のたく火の夜は燃え昼は消えつつものをこそ思へ

大中臣能宣（おおなかとみのよしのぶ）［詞花集恋上・二二五］九二一年～九九一年

衛士（えじ）のたく火が夜は燃えて昼は消えているように、恋の物思いに悩む私も、夜は燃えて昼は消え入るばかりです。

この歌は、古今六帖の「君がもるゑじのたく火の昼はたえ夜は燃えつつ物をこそ思へ」歌の異伝であり、能宣の自作とは考えられません。そのことはこの歌が『能宣集』に見られないこと、また拾遺集や三十六人撰に撰入されていないことからも明らかです。しかも『村上御集』に「みかきもる衛士のたく火の我なれやたくひ又なき物思ふらむ」歌があり、

『和漢朗詠集』にも「みかきもる衛士のたく火にあらねども我も心のうちにこそ思へ」という類歌が見えているので、それによっても偽作説が補強されます。

おそらく伝承の過程で能宣作という誤伝が生じ、それがそのまま詞花集に継承されたのでしょう。それが俊成の『古三十六人歌合』で能宣歌として採用されたことで、一躍秀歌として浮上したのです。

50　君がため惜しからざりし命さへ長くもがなと思ひけるかな

藤原義孝［後拾遺集恋二・六六九］九五四年〜九七四年

あなたに逢うことができれば死んでも惜しくないと思ったこの身ですが、あなたと逢えた今では、末長くあなたに逢いたいと思うようになりました。

『大鏡』によれば義孝の父伊尹（謙徳公）は、中納言朝成と蔵人頭就任をめぐって争っています。敗北した朝成は「この族永く絶たむ。若し男子も女子もありとも、はかばかしくてはあらせじ。あはれといふ人もあらば、それをも怨みむ」と言い遺し、代々の悪霊となったようです。

そのため か、義孝自身も自分の短命を予感していたらしく、若くして出家の志が強かったようで、家集にも無常を詠んだ歌が散見しています。そうだとすると「君がため」歌は社交的儀礼的な詠となり、義孝は相手の女性にそれ程深く執着していなかったのかもしれません。いずれにせよ、義孝は二十一歳の若さで亡くなっているのですから、この歌は本来の後朝から、義孝の短い人生を象徴する歌として再解釈されて当然でしょう。

51　かくとだにえやはいぶきのさしも草さしも知らじな燃ゆる思ひを

藤原実方朝臣［後拾遺集恋一・六一二］九六〇年頃～九九八年頃

これほど恋していると言えないものですから、伊吹山（いぶきやま）のさしも草のように燃える私の思いも、あなたはご存じないでしょうね。

伊吹の場所としては、下野（しもつけ）（栃木）・近江（滋賀）の二説があります。顕昭は「伊吹山は美濃と近江の境なる山には非ず。下野国の伊吹山也」と述べ、下野説を提唱しています。さらに『古今六帖』の「下野やしめつの原のさしも草おのが思ひに身をや焼くらむ」歌を補強資料としています。しかし証拠とした『古今六帖』歌では、伊吹を下野に限定することはできません。また顕昭説以前に、下野の伊吹山を詠んだ歌は見当たりません。むしろ顕昭説によって、下野の伊吹山が歌枕として固定化されていったと考えるべきでしょう。

それに対して『内裏名所百首』や『八雲御抄』では、伊吹を近江の名所としています。おそらく艾（もぐさ）の産地としては近江が適切でしょう。しかし陸奥（みちのく）へ左遷された実方の代表歌としては、下野説の方がふさわしいのです。

52　明けぬればくるるものとは知りながらなほ恨めしき朝ぼらけかな

藤原道信朝臣［後拾遺集恋二・六七二］九七二年〜九九四年

夜が明ければ、やがて暮れてまた逢えるとは知りながら、それでも恨めしい夜明け方（別れの時）であることです。

後拾遺集では、この歌の前に「女のもとより雪ふり侍りける日かへりてつかはしける」という詞書を有する「帰るさの道やは変るかはらねど解くるに惑ふ今朝の淡雪」歌が出ています。道信の歌が二首並べて配列されているのですから、注釈書の多くはこれを後朝の連作と考えているようです。もしそうなら、この歌の背景として、淡雪が薄く降り積もった朝ぼらけの帰り道がイメージされることになります。

勅撰集の配列を重視すると、連作中の淡雪がこの歌の解釈にもかかわってくることになります。勅撰集から切り離して、一首独立した歌として解釈する場合は、逆に後朝における淡雪の情景は捨象されてしまうわけです。ただし家集では別々に配置されていますから、どうやらこれを連作としたのは、後拾遺集の撰者ではないでしょうか。

53　嘆きつつ独りぬる夜の明くるまはいかに久しきものとかは知る

右大将道綱母［拾遺集恋四・九一二］九三七年頃〜九九五年頃

あなたのいらっしゃらない夜を、嘆き続けて一人で明かす時間がどんなに長いものか、門を早く開けてとおっしゃるあなたにはご理解できないでしょうね。

この歌の問題は、三句目の「明くる」を掛詞とするか否かにあります。というのも『蜻蛉日記』に、「げにやげに冬の夜ならぬ槙の戸も遅く開くるはわびしかりけり」という兼家の返歌があるからです。この「遅く開くる」によれば、掛詞と認定できそうです。しかし古典語の「遅く開くる」は、開けるのが遅かったというのではなく、なかなか開けないという意味なのです。

日記を見ると、道綱母は門を開けておらず、兼家は別の女性の所に泊まっているのです。そうなると「明くる」を掛詞とすることは、日記の記述と矛盾することになります。これは兼家が道綱母歌の「明くる」を掛詞とすることで、夜（独り寝の長さ）から門（待ち時間の長さ）へと意味をずらし、自らの弁明に活用しているのではないでしょうか。

54　忘れじの行末まではかたければけふを限りの命ともがな

儀同三司母［新古今集恋三・一一四九］九四〇年頃～九九六年

あなたが忘れないとおっしゃるその遠い先のことは頼みにしがたいので、あなたの言葉を聞いた今日が私の命の最期であってほしい。

「忘れじの」歌は、中関白道隆が通い初めた時に詠まれたものです。ひょっとすると道隆の方から「忘れじ」と愛を誓う歌（後朝？）が贈られ、その返歌として詠まれているのかもしれません。しかしながら「忘れじ」とは、既に忘れることを意識しての物言いです。いずれは男に忘れられるのだから、むしろ今日という幸福の絶頂期において死んでしまいたいというのは、返歌の常套（じょうとう）としてやや皮肉が込められているとも考えられます。

もちろんこの発想は決して斬新なものではありません。類歌として「今宵さへあらばかくこそ思ほえめ今日くれぬまの命ともがな」（和泉式部）、「明日ならば忘らるる身になりぬべし夜をすごさぬ命ともがな」（赤染衛門（あかぞめえもん））などがあるからです。特に宮廷女房にとって、男の愛の移ろいは日常茶飯事だったことでしょう。

55

滝の音はたえて久しくなりぬれど名こそ流れてなほ聞こえけれ

大納言公任（きんとう）［千載集雑上・一〇三五］（拾遺集雑上・四四九）九六六年～一〇四一年

滝殿の滝は水が涸れてから長い年月が経っていますが、その名声は今も伝わっていることです。

この歌の初句は「滝の音は」となっていますが、行成（こうぜい）の『権記（ごんき）』（漢文日記）には「滝の音の」と記されています。それだけならいいのですが、出典とされている拾遺集では「滝の糸は」で掲載されているのです（拾遺抄になし）。そればかりか千載集にも「滝の音は」で重複して撰入されています。一般の本を見ると、拾遺集を出典として明記していながら、本文は「滝の音は」になっているものがほとんどです。

では、拾遺集と千載集では、どちらが出典としてふさわしいのでしょうか。答えははっきりしています。本文を視覚的に「滝の糸は」とするなら拾遺集、聴覚的に「滝の音は」とするなら千載集を出典とすればいいのです。従来のように、拾遺集を出典としながら「滝の音は」とするのが一番困ります。

56　あらざらむこの世のほかの思ひ出（いで）に今ひとたびの逢ふこともがな

和泉式部［後拾遺集恋三・七六三］九七六年頃～一〇三〇年頃

せめてあの世への思い出に、もう一度あなたにお逢いしたいものです。

和泉式部歌では、初二句の「あらざらむこの世のほかの」が問題となります。『応永抄』で「一二句ことに無比類（たぐいなく）こそ」と絶讃しているように、これは極めて非凡な表現でした。換言すれば、それ以前に用例の見られない非歌語なのです。なるほど回りくどい物言いであることに間違いありません。しかしながら西行の「いかで我この世のほかの思ひ出でに風をいとはで花をながめん」歌や、定家の「心もてこの世のほかを遠しとて岩屋の奥の雪を見ぬかな」歌に本歌取りされており、和泉式部のこういった型破りな表現こそが、中世において高く評価されていることがわかります。

この歌は和泉式部の辞世ともいうべき歌ですが、死の直前まで恋愛に執着している点、まさに和泉式部の人生史を象徴していると言えるでしょう。

57　めぐり逢ひて見しやそれともわかぬまに雲隠（がく）れにし夜半の月かな

紫式部［新古今集雑上・一四九九］九七〇年頃～一〇一九年頃

久しぶりにお逢いして、今見たのはその人かどうか見分けもつかない間に、雲隠れした夜半の月のように、あなたはお帰りになったことです。

紫式部は、歌人としては一流ではありません。勅撰集に六十首ちかくも撰入している紫式部ですが、後拾遺集入集歌数わずか三首というのが彼女の実力なのです。ちなみに和泉式部六十七首・相模四十首・赤染衛門三十一首でした。

ところが千載集に九首、新古今集に十四首も入集しています。これは撰者俊成の作為だと思われます。というのも俊成は、『六百番歌合』の判詞の中で「源氏見ざる歌よみは遺恨のことなり」と述べているからです。そのため源氏物語は、御子左家の歌人達のバイブルとされたのです。その源氏物語の作者として、付随的に紫式部の歌も再評価されたのでしょう。「めぐり逢ひて」歌にしても、秀歌として認められていたからではなく、四句目の「雲隠れ」が源氏物語を連想するという理由で撰ばれたと考えられます。

58 有馬山ゐなのささ原風吹けばいでそよ人を忘れやはする

大弐三位［後拾遺集恋二・七〇九］九九九年頃～一〇五〇年頃

有馬山から猪名の笹原に風が吹いてくるので、笹の葉がそよそよと音を立てていますが、そうですお忘れになったのはあなたの方です。私は忘れたりしません。

この歌の構造は、小式部内侍歌に類似しています。両歌ともに「有馬山、猪名野」・「大江山、生野」と地名を詠み、それが「否」・「行く」の掛詞となっているのです。また三句目が接続助詞「ば」になっている点、さらに四句目に「そよ」・「ふみ」という掛詞が置かれている点まで酷似しています。しかも内容的に男に対する手厳しい返歌であることも共通しており、ある種のパターン化された詠み方なのかもしれません。後拾遺集の詞書などによれば、相手の男も定頼で共通していると考えられます。

そうなるとこのあたりの構成は、道綱母（五三）・儀同三司母（五四）と和泉式部（五六）・紫式部（五七）の好対照だけでなく、大弐三位（五八）・小式部（六〇）を含めた母娘でも対比させられていることになります。いかがでしょうか。

59　やすらはで寝なましものを小夜更けてかたぶくまでの月を見しかな

赤染衛門［後拾遺集恋二・六八〇］九五八年頃〜一〇四一年頃

初めから来ないとわかっていたら、ためらうことなく寝てしまったでしょうに。

あなたの言葉を信じたばかりに夜は更け、とうとう西山に傾く月を見たことです。

四句目の「かたぶくまで」は、時間的経過を提示するものです。もっとも「かたぶく月」という表現はこの歌が初出例のようですから、非歌語だったことになります。一般的には「有明の月」ですが、来ない男のかわりに月を待ち明かすという発想は、素性歌と共通しています。西に傾く月は、決して女が見ようとして見た月ではないのです。

この歌は非常に婉曲(えんきょく)的な詠みぶりであり、むしろおとなしすぎて男の心を繋(つな)ぎとめることができなかったのかもしれません。果たして男(五四番歌同様に道隆)の女性遍歴が責められるべきなのでしょうか。それとも宮廷女房の人生をこそ悲しむべきなのでしょうか。そういった男女の間から、恋の秀歌が多く生み出されていることもまた事実でした。

60 大江山いくのの道の遠ければまだふみも見ず天の橋立

小式部内侍［金葉集雑上・五五〇］一〇〇〇年頃～一〇二五年頃

丹後(たんご)までは、大江山を越え生野を通って行く道が遠いので、まだあの天(あま)の橋立(はしだて)を踏んだこともありませんし、母からの手紙も見ていません。

大江山というと、すぐに鬼が思い浮かぶ人はいませんか。確かに丹後には酒呑童子（しゅてんどうじ）で有名な大江山があります。でもこの歌は京都から丹後への道順にそって、大江山→生野→天の橋立という地名が詠み込まれているのですから、最初から丹後の大江山では道順があいません。実は京都と丹波の境目に同名の大枝山（おおえやま）があり、しかも歌枕として歌に詠まれているので、これが正解だと考えられています。

ところが大枝山の方は、歌の世界でマイナーとなり、かわって伝説的な鬼の大江山が浮上してきました。こうして両者はいつしか混同され、遂に大江山の方が本家の大枝山を一掃してしまったのです。大田南畝の「大江山生野の道の遠ければ酒呑童子のいびき聞えず」という狂歌など、もはや鬼との関わりが主眼となっています。

61　いにしへの奈良の都の八重ざくらけふ九重に匂ひぬるかな

伊勢大輔［詞花集春・二九］九九〇年頃～一〇六〇年頃

かつて栄えた奈良の都の八重桜が、今日は九重の宮中で美しく咲き誇っています。

八重桜は奈良の名物でした。『徒然草』にも「八重桜は奈良の都にのみありけるを、このごろぞ世に多くなりはべるなり」と出ています。現在はどこへ行っても染井吉野（そめいよしの）ばかりです。この染井吉野は、江戸の植木職人が品種改良したものですが、成長が早いので瞬く間に全国制覇してしまいました（ワシントンのポトマック河畔にも植えられています）。また開花時期が早いことから、天気予報の桜前線も染井吉野の開花日を基本にしています。
逆に八重桜は普通の桜よりもやや遅れて開花します。要するにこの歌は、まず京都の山桜系の桜を十分堪能(たんのう)した後で、奈良から届けられた遅咲きの八重桜を再び観賞しているわけです。

62 夜をこめて鳥のそら音ははかるともよに逢坂の関はゆるさじ

清少納言［後拾遺集雑二・九三九］九六四年頃〜一〇二八年頃

真夜中に鶏の鳴き真似で函谷関(かんこくかん)の関は通れたとしても、逢坂の関は決して通しませんよ。

この歌のポイントは二句目にあります。現在の本文では「空音ははかる」となっていますが、原形は「空音にはかる」でした。この歌の出典である後拾遺集でも「に」になっているし、『枕草子』の最善本でも「に」なのです。定家自身も、百人秀歌では「に」にしているにもかかわらず、百人一首だけが「は」になっています。おそらく定家が最後の最後に「に」を「は」に改訂したのでしょう。

もっと面白いのは、百人一首以降の享受史です。定家と百人一首の権威が、逆に『枕草子』の本文まで「に」から「は」に改訂させているからです。手元にある『枕草子』の本文を確かめてみて下さい。最善本に「に」とあるにもかかわらず、百人一首の呪縛（じゅばく）によって、いとも簡単に「は」本文が採用されていることがわかるはずです。

63　今はただ思ひ絶えなむとばかりを人づてならで言ふよしもがな

左京大夫道雅［後拾遺集恋三・七五〇］九九二年～一〇五四年

今となってはもう諦（あきら）めるという一言だけでも、直接あなたに言う方法がないものでしょうか。

道雅の「今はただ」歌は、出典である後拾遺集を見ると、「伊勢の斎宮わたりよりまかりのぼりて侍りける人に忍びてかよひけることを、おほやけもきこしめしてまもりめなどつけさせ給ひて、忍びにもかよはずなりにければ」という伊勢物語の斎宮譚（たん）を髣髴（ほうふつ）とさせる詞書が付いています。

ところでこの歌は、敦忠の「いかにしてかく思ふてふことをだに人づてならで君に語らむ」（後撰集）歌を本歌としています。「人づてならで」という表現にしても、敦忠歌が初出・道雅歌が二番目なのです。それだけでなく、敦忠歌の詞書に「忍びて御匣殿（みくしげどの）の別当にあひ語らふと聞きて、父の左大臣の制し侍りければ」とあることも重要です。「今はただ」歌は、単に歌の表現だけでなく、成立状況までも敦忠歌に酷似しているのです。

64　朝ぼらけ宇治の川ぎり絶えだえにあらはれわたる瀬々の網代木（あじろぎ）

権中納言定頼［千載集冬・四二〇］九九五年〜一〇四五年

夜明け方になって、宇治川の霧がとぎれとぎれになると、その間から川瀬の網代木があちこちに見えてきたことです。

「朝ぼらけ」という歌語は、特に冬に多い表現ですが、勅撰集における使用例は意外に少ないようです。それにもかかわらず、百人一首には三例（他は三一・五二）も見られるのですから、積極的に定家の好みと認定すべきでしょう。また、この歌が宇治を題材にしていることも見逃せません。

宇治と霧が強く結び付いたのは、まさに源氏物語世界でした。その源氏物語が平安末期以降に大流行したことで、幻想的な宇治の叙景歌が再評価され、定頼歌も一躍秀歌に祭り上げられたのです。そのことは喜撰歌・紫式部歌・源兼昌歌なども同様ですが、俊成・定家の源氏物語愛好によって、宇治の霧や網代木は歌語（美意識）へと昇華したといえます。

65　恨み侘びほさぬ袖だにあるものを恋に朽ちなむ名こそ惜しけれ

相模［後拾遺集恋四・八一五］九九四年頃～一〇六一年頃

あの人のつれなさを恨み続ける気力もなくなって、涙に乾くひまもない袖さえ口惜しいのに、その上朽ちてしまう私の浮き名が惜しまれてなりません。

相模歌では、「袖だにある物を」の解釈が問題となっています。自分の名が朽ちる点では共通するのですが、「袖だに朽ちずあるを」と見て、涙に濡れた袖さえ朽ちないのにとするのか、それとも「袖だに朽ちてあるを」と見て、涙に濡れた袖さえ朽ちてしまいそうなのにとするのかの二説に分かれています。

二条流古注では前者の立場から、「朽ちぬ袖」と「朽ちる名」の対比構造と考えています。これは知的論理的な対照構成でしょう。それに対して二条流の亜流では後者の立場で、「朽ちる袖」と「朽ちる名」が軽重関係としてとらえられています。これは屈折した恋愛心理と言えます。近世以降になると、圧倒的に後者が支持されており、ほぼ通説となっています。この歌にも、恋故に袖を濡らさざるをえない宮廷女房の悲哀が感じられます。

66 もろともにあはれと思へ山桜花よりほかに知る人もなし

大僧正行尊［金葉集雑上・五二一］一〇五五年～一一三五年

私がお前をなつかしく思うように、お前も私をなつかしいものと思っておくれ、山桜よ。こんな山奥では、お前（花）以外に心を知る人もいないのだから。

これは大峰（おおみね）に入った作者が、思いがけず山桜を見た時の感動を詠じたものです。この解釈として『応永抄』では、とっくに桜の時期は過ぎているのにという季節的な驚きとしています。それに対して契沖は、山中という緑一色の中で桜を発見した驚きとしています。『行尊集』の配列では場所的な驚きであったことがわかります。そのことは、金葉集で雑部に配列されていることによっても明らかでしょう。つまり行尊は桜を詠んでいるようでありながら、実は修行僧としての自分を詠じていたのです。また『行尊集』の詞書には、「風に吹き折れてもなほめでたく咲きて侍りしかば」とありますから、行尊の見た桜は生命力のあるたくましい桜だったことがわかります。だからこそ行尊はその強い桜に擬人法的に呼びかけたのではないでしょうか。

67　春の夜の夢ばかりなる手枕にかひなくたたむ名こそ惜しけれ

周防(すおう)内侍［千載集雑上・九六四］一〇四〇年頃〜一一〇九年頃

短い春の夜の夢のようにはかないあなたの手枕をお借りしたら、何のかいもなく浮き名が立つでしょうから、それが口惜しいのです。

この歌は、千載集では雑歌に配列されています。つまり恋歌ではなく、疑似恋愛における言語遊戯が評価されていたのです。ところが八代抄を見ると、恋部に配列換えされているのです。そうなると定家は、これを恋歌として再解釈していることになります。用語を見ると、「春の夜」・「夢」・「手枕」など、恋歌にふさわしい優艶な用語が用いられていることがわかります。その複合した「春の夜の夢」は、はかなさを象徴する表現ですが、それが恋歌に応用されたのはこの歌が最初のようです。

またこの歌には、漢詩世界のみならず、伊勢物語の伊勢斎宮譚や源氏物語の朧月夜(おぼろづくよ)事件を投影させることも可能です。周防内侍がそこまで考えていたかどうかはわかりませんが、少なくとも定家は幻想的な恋物語として再解釈しているのでしょう。

68　心にもあらで憂き世にながらへば恋しかるべき夜半の月かな

三条院［後拾遺集雑一・八六〇］九七六年〜一〇一七年

思いのほかにこの世に生きながらえるならば、その時はきっと恋しく思われるに違いありません。この美しい夜半の月が。

三条院は、藤原道長によって譲位を余儀なくされた悲劇の天皇です。道長は娘彰子（しょうし）を一条天皇に入内させ、その彰子に皇子が誕生すると、自分の孫を天皇にするために、三条天皇を一刻も早く退位させたかったのです。道長にとって都合の良いことに、三条天皇は目を患っていたので、それを理由に譲位を迫ります。この歌は譲位を目前にした述懐歌なのです。その月は、天皇として再び見ることのないものでした。そればかりか、いつ失明するかわからない状態ですから、本当に二度と月を見ることはできないかもしれないのです。

なお、百人一首諸本の中には「この世」という本文異同もありますが、それは天皇歌として感情をあらわにするのはふさわしくないということで、改訂されたのでしょう。また近世に至ると、「憂き世」は「浮き世」へと再解釈されることになります。

69　嵐吹く三室の山のもみぢ葉は龍田の川の錦なりけり

能因法師［後拾遺集秋下・三六六］九八八年～一〇五一年頃

嵐が吹き散らす三室山（みむろやま）の紅葉は、やがて龍田川（たつた）一面に流れ散ります。それはさながら龍田川を織りなす錦だったのですね。

万葉集において、奈良には紅葉の名所は存在していません。平安朝に至って、龍田山が奈良きっての紅葉の名所となったのです。しかしそれは龍田の紅葉がすばらしかったからではありません。古今集で「龍」が「裁つ」と掛けられ、しかも着物の縁語として利用できたことで、龍田に有利に働いたのです。龍田の紅葉は、いわば言語遊戯の所産でした。

もちろんそれは、あくまで龍田山の紅葉であって、決して龍田川は紅葉の名所ではありません。龍田川の紅葉の正体は、龍田山の紅葉が散って川に流れ込んだものなのです。しかし業平歌を含めて、川の紅葉が歌にしばしば詠じられると、いつしか川岸に紅葉があるような誤解・幻想が生じてきます。そのため江戸時代には、わざわざ川岸に紅葉が植えられることになりました。

70　寂しさに宿を立ち出（いで）てながむればいづこも同じ秋の夕暮れ

良暹法師［後拾遺集秋上・三三三］九九七年頃～一〇六四年頃

さびしさにたえかねて、庵室を出てあたりを眺めてみたところ、どこもかしこも同じさびしい秋の夕暮れでした。

「秋の夕暮れ」は、決して古くから美意識として認められていたわけではありません。歌語の変遷を調べてみると、万葉集には一例も用例がありません。それぱかりか三代集にも見当たらず、後拾遺集に至って突然七首も登場していることがわかります。その中で良暹歌は、他の歌が秋の夕暮れという時刻を主題にしているのに対し、秋の夕暮れの寂しい風景を詠じている点に特徴があります。

その後の用例数は、金葉集一首・詞花集一首・千載集二首であり、依然として低迷していました。ところが新古今集に至って突然流行したらしく、十六首に増加しています（三夕の歌は有名）。それは秋の夕暮れが、寂しい心象風景（寂寥美）として定位されたからでしょう。その意味において良暹歌は、新古今集の先駆的存在と言えます。

71　夕されば門田の稲葉おとづれて葦のまろやに秋風ぞ吹く

大納言経信（つねのぶ）［金葉集秋・一七三］一〇一六年～一〇九七年

夕方になると、門田の稲の葉がそよそよと音を立て、この葦葺(あしぶ)きの田舎家に秋風が吹くことです。

「夕されば」・「門田」は万葉集以来の歌語ですが、「葦のまろや」・「稲葉」を含めて、経信の愛用語だったようです。こういったありきたりの用語によって、かえって新鮮味が醸し出されています。

ところでこの「まろや」ですが、従来は粗末な仮小屋（一番の「かりほの庵」と同質）を想像する人が多かったようです。しかし実際の山荘は、相当に立派なものでした。その眼前に広がる門田も、富をもたらす肥沃(ひよく)で広大な田圃(たんぼ)なのです。つまりこの歌は実景ではなく、「田家秋風」という題を詠んだ心象風景だったのです。経信は農民の生活ではなく、田家の秋風を視覚・聴覚・触覚の三面から動的立体的に看取しているわけです。これは経信が開拓した清新な自然観照歌と言えるでしょう。

72　音に聞くたかしの浜のあだ波はかけじや袖のぬれもこそすれ

祐子内親王家紀伊(ゆうしないしんのうけのきい)［金葉集恋下・四六九］一〇四〇年頃～一一一五年頃

有名な高師(たかし)の浜のいたずらに寄せる波にはかかりませんよ。袖が濡れるといやですから。同じように浮気で名高いあなたのお言葉も心にかけませんよ。涙で袖を濡らすことになるといやですから。

これは「艶書合（けそうぶみあわせ）」で、藤原俊忠の「人しれぬ思ひありその浦風に浪のよるこそいはまほしけれ」歌に対する返歌として詠まれた歌です。表面的には高師の浜の情景を詠みながら、贈歌の「荒磯（ありそ）の浦」に対して「高師の浜」、二つの掛詞「あり」「よる」に対して「高し」「かけ」、縁語「浦・浪・寄る」に対して「浜・波・濡れ」と応酬しており、その対照的な技巧は見事としか言いようがありません。

これを詠んだ紀伊は当時七十歳位であり、二十九歳だった俊忠とは親子以上の年齢差があります。もちろん歌合のつがいですから、決して現実的な恋歌ではありません。しかしこの歌の構造的な面白さは、贈歌と対照しないとわかりません。百人一首において贈答歌の片割れだけが撰入されている歌は、やはり成立事情を踏まえて解釈すべきでしょうか。それとも一首独立した歌として鑑賞すべきでしょうか。

73　高砂の尾上の桜咲きにけりとやまの霞たたずもあらなむ
権中納言匡房（まさふさ）［後拾遺集春上・一二〇］一〇四一年〜一一一一年

高い山の峰の桜が咲いたことです。その花が見えなくなっては残念ですから、里に近い山の霞よ、どうか立たないで下さい。

「高砂の」歌は桜の美しさをストレートに表現していない点、やや物足りない感じがします。しかしどことなく漢詩翻案的な雰囲気が漂っており、学問の家である大江氏の代表歌としてはふさわしいのかもしれません。また霞を擬人化し、遠景の高砂の尾上と近景の外山を対照させ、遠近法的に奥行きを出していることも重要です。

この歌は晴の歌の典型であり、技巧がほとんど目立っておらず、品位ある格調高い歌となっています。近世・近代の学者には不人気のようですが、少なくとも「たけある歌也。正風なり」（応永抄）として評価・尊重されていた事実は否定できません。これは四番歌・七六番歌とも共通するもので、いわば律令的世界観に立脚した伝統的な叙景歌といえます。

74　うかりける人を初瀬の山おろしよはげしかれとは祈らぬものを

源俊頼朝臣［千載集恋二・七〇八］一〇五五年～一一二九年

つれないあの人が私に靡くように初瀬の観音様にお祈りしたはずです。山おろしの風のように、あの人が私につらく当たるようにとはお祈りしませんでしたよね。

この歌の背景として、古今六帖の「祈りつつ頼みぞわたる初瀬川うれしき瀬にも流れあふとや」歌、また拾遺集の「われといへば稲荷の神もつらきかな人のためとは祈らざりしを」歌をあげることができます。

歌の技巧としては、「激し」を掛詞として「初瀬の山おろしよ」という中間部の叙景が、「うかりける人を、激しかれとは祈らぬものを」という抒情を分断して序詞的に挿入され、それによって情調を複雑にしている点にあります。この手法は、行平の「立ち別れ」歌から学んだもので、定家も「こぬ人を」歌に応用しています。そう考えると俊頼歌の差し換えは、叙景よりも述懐を重んじるようになった晩年の定家の好みの変容が、明確に反映した結果ではないでしょうか。

なお三句めは「山おろし」という本文異同もありますが、定家の意識としては「山おろしよ」の方がふさわしいようです。

75　契りおきしさせもが露を命にてあはれ今年(ことし)の秋もいぬめり

藤原基俊［千載集雑上・一〇二六］一〇六〇年〜一一四二年

お約束してくださった「させも草」というお言葉をあてにしておりましたが、その望みもかなわず、今年の秋もむなしく過ぎ去ってしまいそうです。

『基俊集』に、「あひしりて侍る女、音つかうまつらざりしかば、かくいひおこせて侍しいかなればしめちがはらの冬草のさしもならでは枯はてにけり　かへし　なをたのめとこそはたれも契りしかことはりしらぬさしも草哉」という贈答が見られます。これは恋歌として詠まれているのですが、素材が非常に類似していることが気になります。

ひょっとすると「契りおきし」歌は、この贈答の焼き直しかもしれません。少なくとも「契り」「させも」「露」「命」「秋（飽き）」は、恋歌のイメージが強い語です。また初句の「契りおきし」にしても、恋歌に用いられる表現でした。もともとこの歌の成立状況は、詞書なしには到底理解できないのですから、歌のみによる場合は、恋歌的な再解釈も許容されるはずです。

76　和田の原漕ぎ出（いで）てみればひさかたの雲ゐにまがふ沖つ白波

法性寺（ほっしょうじ）入道前関白太政大臣［詞花集雑下・三八二］一〇九七年～一一六四年

大海原に船を漕ぎ出して見渡すと、はるか向こうに雲かと見間違うばかりに沖の白波が立っています。

「和田の原」は比較的用例の少ない表現です。それにもかかわらず、百人一首には二度も用いられています（他は一一番）。これに類似した表現として「田子の浦に」「天の原」もあります。これらはスケールの大きな、遠近法による絵画的な歌と言えるでしょう。続く二句目を比較してみると、「漕ぎ出てみれば」「うち出てみれば」「ふりさけみれば」とやはり類似表現になっていることがわかります。どうやらこれは詠み方のパターンのようです。

百人一首には恋歌が多いのですが、中にはこういった雄大な自然を詠じた歌も混じっています。これらは君臣和楽的秩序の歌であり、その伝統的構図は天皇制を象徴・謳歌しているのです。こういった要素が密かに組み入れられているとしたら、これも立派に百人一首の秘密ではないでしょうか。

77　瀬をはやみ岩にせかるる滝川のわれてもすゑに逢はむとぞ思ふ

崇徳院［詞花集恋上・二二九］一一一九年〜一一六四年

川の流れが早いので、岩にせき止められる急流が二つに分かれてもいずれは一つになるように、今は引き離されて逢えなくても、後にまた逢おうと思っています。

素庵本と呼ばれる百人一首の絵入り版本では、何故か崇徳院にだけ天皇用の繧繝縁畳が描かれていません。また現存最古とされる道勝法親王筆かるたでは、臣下用の高麗縁の畳になっています。もしこれが意図的ならば、崇徳院を天皇と認めていないことになります。

崇徳院は保元の乱に敗れて讃岐（香川県）に流されたのですが、帰京の悲願もむなしく、配所の地で崩御してしまいました。そのため怨霊となって長く京都に祟り続けるわけですが、実は近世に至っても依然として許されないままでした。慶応四年（＝明治元年、一八六八）にようやく許され、七百年ぶりに帰京した魂は、白峰神宮に祭られています。こういった事情をどこまで察知していたのかわかりませんが、近世初期に崇徳院が臣下扱いにされていることは、百人一首絵の謎の　つと言えそうです。

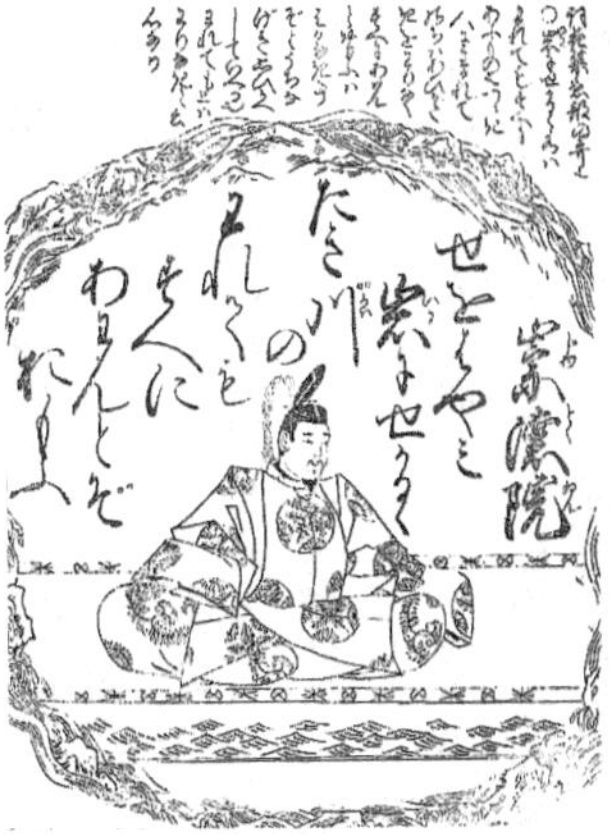
高麗縁畳の崇徳院（御家百人一首より）

78　淡路島かよふ千鳥の鳴く声にいく夜寝覚めぬ須磨の関守

源兼昌［金葉集冬・二七〇］一〇八〇年頃～一一三〇年頃

淡路島から須磨に渡ってくる千鳥のもの悲しい鳴き声に、幾晩目を覚ましたことでしょうか、須磨の関守は。

淡路島と千鳥の取り合わせは、この兼昌歌が嚆矢のようです。また須磨を詠んだ歌を調べてみると、万葉集以来歌枕として詠まれてきたのは、海女や藻塩の煙・塩焼き衣などであり、千鳥はもちろん関や関守もほとんど詠まれていません。須磨の関が歌題として浮上するのは、歌道における源氏物語の尊重に起因するようなので、俊成の功績が大きいことになります。須磨の関や関守が流行するのも、当然千載集以降でした。

ところで、この歌と源氏物語との関連は古注では一切言及されておらず、『三奥抄』で初めて「須磨の浦に千鳥を読み、寝覚めのかなしきをいふは、源氏物語をもととするか」と述べられています。どうやら兼昌歌は、単独で秀歌とされているのではなく、須磨巻の源氏流謫を背景として、はじめて高い評価を受けているようです。

79　秋風にたなびく雲の絶え間よりもれいづる月の影のさやけさ

左京大夫（さきょうのたいふ）顕輔　［新古今集秋上・四一三］一〇九〇年～一一五五年

秋風にたなびいている雲のとぎれから漏れる月光の、なんと澄みきっていること
でしょう。

この歌に関しては、『久安百首（きゅうあんひゃくしゅ）』（非部類本）の二句目が「ただよふ」となっていることがあげられます。「たなびく雲」は古来歌に詠まれています。万葉集では恋路の妨げとなったらしく、そのため「雲なたなびき」と歌われることが多かったようです。一方「ただよふ雲」は、歌語としては定着しておらず、万葉集や八代集には用例が見られません。おそらく「ただよふ雲」は、和歌ではなく漢詩世界における「浮雲」の和訓だったようです。古注では、道潜の「江山秋夜」詩中の「月在浮雲浅処明」をあげていますが、要するに伝統表現を是とするのか、漢詩的な新語を容認するかで本文が分かれたわけです。

80　長からむ心も知らず黒髪の乱れてけさは物をこそ思へ

待賢門院堀河（たいけんもんいんのほりかわ）　［千載集恋三・八〇二］一一〇〇年頃～一一六〇年頃

末長く変わらないあなたのお心かもしれませんが、今朝の私の心はこの黒髪と同

じように乱れてもの思いに沈んでいます。

髪の乱れを詠じたものとしては、紀貫之の「朝な朝なけづればつもる落ち髪のみだれて物を思ふころかな」歌など、「朝寝髪」が多く歌われています。限定された「黒髪の乱れ」については、和泉式部の「黒髪の乱れもしらずうちふせばまづかきやりし人ぞ恋しき」歌が初出でしょう。堀河歌は勅撰集では二番目に位置しており、必ずしも「乱れ」が「黒髪」の縁語であったわけではないことがわかります。

日本人の髪は黒に決まっているのですが、それをあえて「黒髪」と称するのは、「白髪」との対比（漢詩的用法）があるからです。黒髪は白髪（老い）の反対概念として、「若さ」の象徴ともなり、そこから女性の妖艶美が派生していったのです。その意味で和泉式部と堀河の歌は、女性の「黒髪」が歌語として確立する上で重要な歌だったことになります。

81　ほととぎす鳴きつるかたをながむればただ有明の月ぞ残れる

後徳大寺左大臣（ごとくだいじのさだいじん）［千載集夏・一六一］一一三九年〜一一九一年

時鳥（ほととぎす）が鳴いた方を見ると、時鳥の姿は見えずただ有明の月が見えていることです。

従来の時鳥詠は、その声を主眼にしていました。それに対して藤原頼通の「有明の月だにあれやほととぎすただひと声に明くるしののめ」(後拾遺集)は、有明の月という視覚世界を導入している点に新鮮味があります。

この実定歌については、上句(聴覚)から下句(視覚)へのスムーズな転換の中で、一声を待つ夜の時間の長さと、それに反して一瞬にして飛び去ってしまったほととぎすとの対照の見事さがあります。もちろん視覚世界といっても、実定は実際にほととぎすを見ているわけではありません。もともとこれは「暁聞郭公」という題で詠まれたものですから、視覚は二の次なのです。むしろ飛び去ってかげさえ見えないほととぎすの残像を、心象として幻視することこそが、この歌の斬新さではないでしょうか。

82　思ひわびさても命はあるものを憂きに堪へぬは涙なりけり

道因(どういん)法師［千載集恋三・八一八］一〇九〇年頃～一一八〇年頃

つれない人のことを思い悩んで、この身は絶え果ててしまうかと思いましたが、それでも命だけはなんとかつないでいるのに、そのつらさにたえられないのは涙で、とめどなくこぼれ落ちています。

百人一首で八代抄に見られない歌が八首あります。そのうちの六首は新古今集以後の歌なので除外すると、問題は公任歌と道因歌の二首になります。公任の場合は、どうしてもはずせない人物ということで、どうにか説明がつきました。道因の場合も、好忠や能因と同様に、和歌に執心した歌人として撰ばれているのでしょうか（勅撰集に四十一首入集）。

その道因を高く評価したのは、定家の父俊成でした。しかし肝心の定家はこの歌を八代抄に撰んでいません。そうなるとこの歌は、晩年に至った定家によって突然評価されたことになります。百人秀歌で清輔の「ながらへば」歌と対にされている点を考慮すると、この歌は恋歌としてではなく、人生の述懐歌として再解釈されたのではないでしょうか。

83　世の中よ道こそなけれ思ひ入る山の奥にも鹿ぞなくなる

皇太后宮大夫俊成（こうたいごうぐうのたいふ）［千載集雑中・一一五一］一一一四年〜一二〇四年

世の中というのは逃れる道はないのですね。深く思って分け入った山の奥でも憂きことがあるらしく、鹿がもの悲しく鳴いているようです。

「世の中よ」歌は、俊成の青年期（二十代後半）に作られたものです。その頃は戦乱期にあたり、西行をはじめとして多くの知己が出家しています。俊成自身も真剣に遁世（とんせい）を考えていたようです。そういった中で、この歌を含む「述懐百首」が詠まれたのでした。
この歌は猿丸の「奥山に」歌や、「世をすてて山に入る人山にてもなほうき時はいづち行くらむ」（古今集）歌を本歌としています。俊成は鹿の鳴く音を聞くことで、出家遁世によっても救済されないことを悟ったのでしょう。道理も通らぬ悲哀に満ちた世ですが、俊成はそこで生き抜いて和歌の道を究めることを決意したのです。つまりこの「世の中よ」歌こそは、俊成の人生史を象徴する歌なのです。もしこの時に俊成が出家していたら、定家がこの世に生を受けることもありえません。

84　ながらへばまたこのごろやしのばれむ憂しと見し世ぞ今は恋しき

藤原清輔朝臣［新古今集雑下・一八四三］一一〇八年〜一一七七年

この世に長らえたら、つらい今のことがなつかしく思い出されることでしょう。つらかった昔が今では恋しく思われることからして。

清輔歌には詠作年代に関して大きな問題があります。『清輔集』の詞書には「三条内大臣いまだ中将にておはしける時」とあるのですが、その「内大臣」に「大納言」という本文異同があるからです。これを藤原実房（三条大納言）とすれば、清輔六十歳前後の詠となります。これを藤原公教(きんのり)(三条内大臣)とすれば、清輔三十歳前後の詠となります。つまり実房とするか公教とするかで、清輔歌の作歌年代は三十年近くも相違するのです。

これが清輔三十歳位の詠であれば、その背景には父顕輔との確執が想定されます。また六十歳位の詠であれば、兄弟内での官位昇進の問題、二条院崩御による『続詞花集』の非勅撰の問題、あるいは父との和解等が想定されます。百人一首の歌としては、晩年の方がふさわしいのかもしれません。

なお最新の研究成果として、清輔の生年が四年下ることになったので、それに合わせて従来の研究は修正されることになります。

85 夜もすがらもの思ふころは明けやらで閨(ねや)のひまさへつれなかりけり

俊恵法師 [千載集恋二・七六六] 一一一三年頃～一一九〇年頃

夜通しつれないあなたのために物思いしているころは、早く暁になってくれればよいと思いますが、なかなか夜は明けてくれず、つれない人ばかりか寝室の隙間さえもがつれなく思われることです。

八二番から八六番まで、物思いの歌(恋・述懐)が並んでいます。その内の三首が法師の恋歌でした。また俊恵歌と西行歌（八六番）は対になっていると見て間違いないでしょう。

この歌は、下句の「閨のひまさへつれなかりけり」がポイントです。他に用例が見出されないので、俊恵の独自表現と考えられます。そのことは『応永抄』に、「ねやのひまさへつれなかりけりといへる詞心めづらしく」とあることによっても明らかでしょう。ひょっとすると忠岑の「有明のつれなく見えし」歌（三〇番）を意識（本歌取り）しているのかもしれません。そうするとこれは、待つ女の立場で詠まれた歌になります。

86　嘆けとて月やはものを思はするかこち顔なるわが涙かな

西行法師［千載集恋五・九二九］一一一八年〜一一九〇年

嘆けといって月が私に物思いをさせるのでしょうか、いやそうではありません。それなのにそれを月のせいにして、恨めしくもこぼれ落ちるわたしの涙ですよ。

西行歌を調べてみると、出家の身でありながら恋歌が多いことに気付きます。また花・月の題で多くの歌を詠んでいることも特徴の一つです。中でも月の歌は恋と結び付き、しばしば涙を伴って詠じられています。そのため「恋しさをもよほす月の影なればこぼれかかりてかこつ涙か」（山家集）のような同発想の歌も少なくありません。さらに言えば、西行は「○○顔」という表現が好きだったようです。「嘆けとて」歌には、そういった西行歌的要素が全て含まれていることになります。

一見、「平懐（へいかい）の躰（てい）」（応永抄）のようでありながら、実は相当複雑に屈折している点にも西行らしさが認められます（二三番「月見れば」歌を本歌取りか）。遁世歌人という西行像からはずれるようですが、むしろこの歌こそが西行の実像に近いといえます。

87 村雨の露もまだひぬまきの葉に霧立ちのぼる秋の夕暮れ

寂蓮法師［新古今集秋下・四九一］一一三九年頃～一二〇二年

村雨がひとしきり降った後、その露もまだ乾かない槙の葉に、霧が白く立ちのぼっている秋の夕暮れであることよ。

初句「村雨」は万葉集に一例ある以外、三代集には使用されていません。二句目の「露もまだひぬ」に関しても、後拾遺集に一例あるくらいです。四句目の「霧立ちのぼる」という表現も万葉集に一例ありますが、八代集では寂蓮歌だけしか用いられていません（霧は「立ち渡る」ものです）。これなど為家によって禁制の句に指定された表現です。五句目の「秋の夕暮れ」にしても、後拾遺集が初出でした。

このように表現史を辿っていくと、「村雨の」歌はほとんど非歌語の組み合わせによって構成されていることがわかります。しかも秋の夕暮れという提示があるにもかかわらず、秋の景物たる「村雨・露・霧」を使用しており、下手をすると初心者の歌病ともなりかねない危険な詠みぶりなのです。その点にこそ寂蓮歌の新鮮さを読み取るべきでしょう。

88　難波江の葦のかりねのひとよゆゑみをつくしてや恋わたるべき

皇嘉門院別当［千載集恋三・八〇七］一一四〇年頃～一一八五年頃

難波江の葦の刈り根の一節のように短い一夜の仮寝のために、身を捧げてあなたを恋い続けるのでしょうか。

別当は決して一流歌人ではありません。それにもかかわらず、あえて難波の類歌を入れる必然性があったのでしょうか。そもそも皇嘉門院とは、崇徳院の皇后聖子のことでした。ですから別当は、皇嘉門院という名によって、自動的に崇徳院を想起させることになります。もしそうなら、かつて宮であった難波も、栄枯盛衰の象徴として浮上してきます。またその縁語である澪標も、身を滅ぼす意を内包しているわけです。

そう解釈すれば、この歌が元良親王の「わびぬれば」歌を本歌取りしていることも、特別な意味を持ってきます。何故ならば、元良親王歌と崇徳院歌は、不思議なことに五句目に「逢はむとぞ思ふ」を共有しているからです。単なる偶然かもしれませんが、百人一首において崇徳院が特別の存在であることは確かです。

89 玉の緒よ絶えなば絶えねながらへば忍ぶることのよわりもぞする

式子内親王［新古今集恋一・一〇三四］一一四九年～一二〇一年

私の命よ、絶えるなら絶えてしまいなさい。生きながらえていると忍ぶことができなくなり、恋心が外に現れてしまうかもしれないから。

「玉の緒よ」歌は男の立場で詠まれた歌のようです。しかし式子の歌であることから、安易に禁じられた恋の歌と規定され、式子の恋人探しへと発展しています。その相手とされていたのは、定家でした。というのも、謡曲「定家」が定家と式子との悲恋物語を主題としているからです。『後深草院御記』の文永二年（一二六五）十月十七日条に、「此歌者式子内親王被遣定家卿許歌也」と出ており、これが説話的に増幅していったのでしょう。

当の定家は業平的世界に憧（あこが）れていました。式子は斎院として未婚を貫いた女性ですから、まさに伊勢物語的な恋愛の相手としてふさわしかったのです（定家より十三歳年長）。もともと「玉の緒よ」歌は式子没後に百人一首に撰びとられたものですから、そこに現実には叶わぬ業平的恋愛を、せめて虚構の中に具現しようとした晩年の定家の文学営為を見ることもできます。

90　見せばやな雄島のあまの袖だにも濡れにぞ濡れし色はかはらず

殷富門院大輔　［千載集恋四・八八六］　一一三一年頃～一二〇〇年頃

涙で変色した私の袖をあなたに見せたいものです。雄島の漁師の袖でさえ、ひどく濡れてはいても色は変わっていませんのに。

「見せばやな」歌は、明らかに源重之の「松島や雄島の磯にあさりせしあまの袖こそかくはぬれしか」（後拾遺集）を本歌取りしたものです。「だに」によって「色はかはらず」を導きつつ、本歌取りによって初句「見せばやな」の目的語、つまり涙によって変色している自分の袖を幻想させているのです。その複雑な趣向と構成は評価に価します。

もともと「雄島」は、松島群島の一小島なので、それが独立して歌に詠まれることなど皆無でした（非歌枕）。ところが重之歌に続いて大輔歌が詠まれると、そのすばらしさによって、袖・濡れるを縁とする「雄島のあま」が、恋歌表現として流行しました。その意味で大輔歌は、「雄島のあま」が歌枕として流行する魁的な歌であったと言えます。

91 きりぎりす鳴くや霜夜のさむしろに衣かたしきひとりかもねむ

後京極摂政太政大臣［新古今集秋下・五一八］一一六九年〜一二〇六年

こおろぎが床近くで鳴いている寒い霜夜のむしろの上で、私は自分の衣を片敷いて、一人寂しく寝るのでしょうか。

古語において、きりぎりすは今のこおろぎのこととされています。確かに夜に鳴く虫としては、こおろぎの方がふさわしいでしょう。逆に今のきりぎりすは、はたおりのことです。またきりぎりすはしばしば歌に詠まれていますが、こおろぎは平安朝の歌には全く詠まれていません。万葉集に九例見られるこおろぎにしても、古くはきりぎりすと訓まれていました。しかしどうしても字余りになってしまうので、賀茂真淵以降こおろぎと訓むようになったらしいのです。

上代のこおろぎは、鳴く虫の総称でした。「蟋蟀」という漢字が、こおろぎともきりぎりすとも訓まれていたのですから、両者は同物異名だったのです。つまり「きりぎりす」

が歌語・雅語であるのに対して、「こおろぎは」非歌語・俗語なのです。

92　我が袖はしほひに見えぬ沖の石の人こそ知らねかわくまもなし

二条院讃岐［千載集恋二・七六〇］一一四一年頃〜一二一七年頃

私の袖は干潮の時も見えない沖の石のように、人は知らないでしょうが、涙に濡れて乾くひまもありません。

この歌は「寄石恋」という題で詠まれたものです。それはかなりの難題だったようです。讃岐はその石を海中に沈めることで、秘めた恋のイメージを見事に構築しました。ところで「沖の石」という語は、讃岐以外には勅撰集に用例が認められませんから、非歌語・非地名だったことがわかります。ところがたった一首の讃岐歌によって、「沖の石」は宮城県多賀城（たがじょう）市と若狭（わかさ）（福井県）の二つの歌枕となるのです。

讃岐自身もこの歌の評判によって、「沖の石の讃岐」というあだ名を与えられました。といっても、それは寛文九年に刊行された『百人一首増註』初見の説ですから、当時そう呼ばれていたかどうかはわかりません。もともと題詠（幻想風景）として詠まれた歌ですから、場所の考証は後人の付会にすぎないようです。

93　世の中は常にもがもななぎさ漕ぐあまのをぶねの綱手かなしも

鎌倉右大臣［新勅撰集羈旅・五二五］一一九二年～一二一九年

世の中は不変であってほしいことです。渚（なぎさ）を漕いでいく漁師の小舟の綱手を引く様子が、面白くもまたうら悲しくも見えます。

この歌の問題は、五句目の「かなし」の解釈にあります。そもそも「かなし」は愛（かな）し・哀しという両極端の意味があるのですが、二句目に無常が吐露されていますから、哀感の方がふさわしいかもしれません。しかし定家は『顕注密勘』において、「まことに悲嘆にはあらず、おもしろうもと云やうなる詞也。あはれにも、うらがなしくもと侍、尤も愚意に叶ふ」と述べており、海浜の風情の面白さを詠んだ歌として評価しているのです。

これは、この歌の本歌とされている古今集の「みちのくはいづくはあれど塩竈の浦漕ぐ舟の綱手かなしも」歌の解釈ですから、必ずしもこの実朝歌に当てはまるとは限りません。もし本歌の趣向と一致しているとすれば、「あはれにもうらがなしくも」という二重の意味を内包するわけで、そこに掛詞的な斬新さが認められます。

94　み吉野の山の秋風さよ更けて故郷寒く衣うつなり

参議雅経［新古今集秋下・四八三］一一七〇年～一二二一年

吉野山の秋風が夜更けた感じで吹き渡ると、旧都には寒々と砧（きぬた）の音が聞こえてくるようです。

この歌の特徴は、五句目の「衣うつ」にあります。これは三代集には見られない表現でした。『永承四年内裏歌合』において、初めて「擣衣（とうい）」が歌題として登場しています。そのうちの三首が後拾遺集に撰入され、続いて千載集に五首、新古今集に十二首撰入されています。新古今時代には、聴覚的幻想的な歌語として流行したのでしょう。

その原典は白楽天の漢詩「聞夜砧（やちん）」でした。もちろん万葉集にも砧の用例はありますが、それは庶民生活を浮き彫りにするためであって、決して美的表現ではありません。源氏物語夕顔巻にしても、非貴族的な生活を強調するための小道具でした。ところが夕顔の死後、思い出の中で砧の音も美的に昇華されています。その源氏物語が流行する中で、「衣うつ」が歌語化されていったのではないでしょうか。

95　おほけなくうき世の民におほふかな我が立つ杣に墨染めの袖

前大僧正慈円［千載集雑中・一一三七］一一五五年〜一二二五年

身分不相応にも法の師として、このつらい世に生きる人々に覆いかけることです。比叡山（ひえいざん）に住んでいる私のこの墨染めの袖を。

慈円は、千載集では法印慈円という作者表記で出ています。慈円が最初に天台座主になったのは、建久三年（一一九二）でした。千載集の成立は文治四年（一一八八）ですから、この歌は天台座主になる四年以上も前の詠でした。つまりこれは、決して天台座主の立場で詠まれた歌ではなかったのです。墨染めの掛詞となっている「住み初め」を重視すれば、むしろ比叡山に住み初めた若い頃（二十代後半頃）の詠作ということになります。

もちろんこの歌は、法華経にある「以衣覆之」や「衣之所覆」の翻案なのでしょう。ちょうどその時期は、戦争や疫病によって世の中が乱れていた頃でした。慈円にしてみれば、自分の若さや未熟さを十分承知しながらも、仏教の力によって世の平安・衆生の救済を祈ろうとしたのです。「おほけなく」という非歌語の使用に、その謙虚さが表出しています。

96　花さそふ嵐の庭の雪ならでふり行くものは我が身なりけり

入道前太政大臣［新勅撰集雑一・一〇五二］一一七一年〜一二四四年

花を散らす嵐が吹く庭に降り積もる雪のような花ではなくて、本当に古りゆくのは我が身だったのですね。

公経は目立たない存在かもしれませんが、当時の政治的背景を知る上では重要人物です。というのも公経は、源頼朝の姪を妻にしていた関係から、承久の乱以後は親幕派の公家として権勢を獲得していたからです。定家の妻はこの公経の姉でした。

その公経に関しては、作者表記に問題があります。公経は寛元二年（一二四四）に没し、西園寺という追号を贈られているのに、入道前太政大臣のままなのです。家隆の位を従二位へ改訂し、建長元年（一二四九）以降に順徳院の作者表記を改訂しているにもかかわらず、公経の作者表記はいじられていないのです。これは、百人一首が公経の生存中にほぼ現在に近い状態となっていることを示すとともに、後鳥羽院・順徳院の作者表記改訂が特殊であったことを浮き彫りにしていることになります。

97　こぬ人をまつほの浦の夕なぎに焼くやもしほの身もこがれつつ

権中納言定家［新勅撰集恋三・八四九］一一六二年〜一二四一年

待てども来ない人を待って、あの松帆の浦の夕凪に焼く藻塩ではありませんが、
私は身も心も焦がれています。

松帆の浦は、一般には淡路島の歌枕とされています。万葉集に松帆の浦を詠んだ歌があるからです。ところが松帆の浦の用例は、万葉集のたった一例だけでした。八代集にも全く使われていません。二番目の用例がこの歌なのです。本来歌枕というのは、万葉集や古今集で多くの歌に詠まれている地名のことでした。松帆の浦の場合、たった一例でも歌枕と言えるのでしょうか。

そう考えると、定家が松帆の浦を詠み込んだこと自体、特殊であったことがわかります（万葉と違って掛詞として機能している）。しかも定家は、この特殊な歌を自ら百人一首に撰入しているのです。それによって松帆の浦というマイナーな地名が一躍有名になったわけです。どうやら私達は、百人一首の知名度に騙されているのではないでしょうか。

98　風そよぐならの小川の夕暮れはみそぎぞ夏のしるしなりける

従二位家隆［新勅撰集夏・一九二］一一五八年〜一二三七年

風がそよそよ吹いているならの小川の夕暮れは、もう秋の涼しさですが、禊ぎが

行われていることでまだ夏であることがわかります。

家隆歌の最大の問題は、作者表記にあります。百人一首では従二位とあるのに対して、百人秀歌では正三位と異なっているからです。従来の百人一首研究ではこの相違を根拠として、百人秀歌の方が百人一首より先に成立したとしています。家隆が従二位に叙せられたのは、文暦二年九月のことでした。ですから五月に成立した百人秀歌では正三位がふさわしく、その後に改訂された百人一首は、叙位を受けて従二位としているというわけです。

この説は、作者表記を定家が記したことを前提としています。しかし当初は作者表記のない色紙であったわけですし、後鳥羽院・順徳院の名が定家没後の補入なのですから、家隆の作者表記も後人の改訂である可能性は否めません。従来のように作者表記の相違を絶対視しての立論は、そろそろ見直されるべきでしょう。

99　人もをし人も恨めしあぢきなく世を思ふゆゑにもの思ふ身は

後鳥羽院［続後撰集雑中・一二〇二］一一八〇年～一二三九年

人がいとしく思われ、また恨めしくも思われることです。つまらなく世を思うことから、物思いをしている私には。

謎解き本においては、後鳥羽院への鎮魂が最終目標となっています。その代表である織田正吉氏が、躬恒歌の「おきまどわせる」と忠通歌の「沖つ白波」の「おき」に、後鳥羽院の流罪地隠岐が隠されていると指摘したことは重要でしょう。それをさらに発展させると、四つの「おき(隠岐)」(二九・七五・七六・九二)と四つの「さと(佐渡=順徳院の流罪地)」(二八・三一・三五・九四)が浮上します。

こういった謎解きは大変面白いのですが、せっかくかるたを苦労して配列しておきながら、その結論がなんとも陳腐です。後鳥羽院との関係ならば、他の資料からでも十分にうかがえるからです。また、後鳥羽院の歌を含まない百人秀歌ならまだしも、後鳥羽院歌を含む百人一首では、後鳥羽院の鎮魂というのは、ほとんど無意味ではないでしょうか。

100 百敷(ももしき)や古き軒端のしのぶにもなほあまりある昔なりけり

順徳院［続後撰集雑下・一二〇五］一一九七年～一二四二年

宮中の古い軒端に生えている忍ぶ草の「しのぶ」ではありませんが、忍んでも忍びきれない昔ですよ。

順徳院歌で注目すべきは初句です。百敷という語は、古くは「百敷の」という形で大宮にかかる枕詞でした。ところが古今集以降次第に使用されなくなり、枕詞としての機能も消失していきました。その百敷を歌に詠じているのは、わずかに伊勢であり、そしてこの順徳院なのです。

ここで注意すべきことがあります。本来百敷は宮中を、そして宮中にいる天皇を讃美する語でした。ですから伊勢の場合はともかく、順徳院自らが百敷を用いて歌を詠むのは異常なことなのです。さらに興味深いことに、最初に「百敷の」で讃美された都は、天智天皇の近江京でした。つまり百敷が喚起させている昔とは、天智の御代になります。これによって一〇〇番歌は一番歌へと循環し、平安王朝への憧憬（しょうけい）が繰り返されるわけです。それこそが百人一首の正体ではないでしょうか。

僧体の順徳院（百人一首手鑑より）

【付録】百人秀歌掲載歌

百人秀歌のみに掲載されている歌四首についても、簡単に解説しておくことにします。今まで百人秀歌の注釈書は皆無でしたが、これによって百人秀歌をも一応はカバーできることになります。もっとも百人秀歌の場合、何故撰入されたかというよりも、何故はずされたかの方が重要かもしれません。

1　よもすがらちぎりしことを忘れずはこひんなみだの色ぞゆかしき

一条院皇后宮〔後拾遺集哀傷・五三六〕九七六年～一〇〇〇年

夜通し言い交わした約束をお忘れでないのなら、私を恋しくお思いになってお流しになるあなたの涙の色が紅かどうか拝見したいものです。

一条院皇后といえば、一条天皇の後宮で彰子と寵愛(ちょうあい)を競った定子のことです。その二人には、それぞれ選（え）りすぐりの女房がいました。定子には清少納言、そして彰子には和泉式部・紫式部・大弐三位・赤染衛門・小式部内侍・伊勢大輔です。百人一首に入集している女房の数では、彰子方が圧倒的に多いことがわかります。ところが肝心の彰子の歌は撰入されていませんし、両親・兄弟など近親者も見られません。それに対して定子は自分の歌だけでなく、儀同三司母は定子の母ですし、また左京大夫道雅は甥（おい）（兄伊周の子）にあたります。こうして見ると、中関白家の方が和歌にすぐれていたことになるのでしょうか。あるいは栄華を築いた道長家よりも、没落した中関白家が優先されているのでしょうか。

その定子の歌は後拾遺集に入集しているのみならず、栄花物語・古来風躰抄・無名草子・悦目抄・別本八代集秀逸・今昔物語集・十訓抄などにも収録されており、かなり有名だったことがわかります。定家も八代抄に撰入しているのですから、必要最低ラインはクリアーしていたわけです。ただし定子の勅撰集入集歌数は八首ですから、決して一流歌人として認められていたわけではありません。

これがはずされたのは、定子自らの死を詠んだ歌だったからではないでしょうか。百人一首が色紙として鑑賞されることを目的とする以上、辞世の歌は好ましくないからです。

2　春日野の下もえわたる草のうへにつれなくみゆる春のあはゆき

権中納言国信［新古今集春上・一〇］一〇六九年～一一一一年

春日野(かすがの)の地面から一面に萌(も)え出ている草の上に、まだ消え残って無情に見える春の淡雪であることよ。

源国信は勅撰集に三十七首入集している歌人です。この歌に関しては、新古今集に撰入されている他、堀河院百首・時代不同歌合・新百人一首にも収録されています。定家も八代抄にとっていますから、やはり最低線はクリアーしていたことになります。ではこの歌がはずされたのは何故でしょうか。

まず四句「つれなくみゆる」が、忠岑歌の二句「つれなく見えし」と類似していることが指摘できます。しかしそれくらいでは致命傷にはなりません。気になるのはむしろ二句の「下もえ」です。「下もえ」というと、すぐに「下もえの内侍」というあだ名を付けられた周防内侍を想起します。『俊頼髄脳』には、『郁芳門院根合(いくほうもんいんねあわせ)』で詠まれた「恋ひわびてながむる空の浮雲や我が下もえの煙なるらむ」歌が縁起のよくない表現だったので、その後内侍も亡くなってしまったという説話が出ています。また承久二年の内裏歌合において、定家は菅原道真の歌を踏まえた「道のべの野原の柳下もえぬあはれなげきのけぶりくらべや」を提出して後鳥羽院の逆鱗(げきりん)にふれ、閉門謹慎させられています。

必ずしも国信歌も同様というわけではありませんが、「下もえ」という表現が定家と後鳥羽院の確執を想起させるキーワード（タブー）であったと見れば、この歌がはずされたことも納得できます。あるいは単純に新古今的な詠風であることが、かえって避けられた真の理由かもしれません。

3　きの国の由良のみさきに拾ふてふたまさかにだにあひみてしがな

権中納言長方［新古今集恋一・一〇七五］一一三九年—一一九一年

紀伊(きい)の国の由良の岬で拾うという美しい玉、その玉ではありませんが、せめてたまさかにでもお逢いしたいものです。

藤原長方は、勅撰集に四十一首入集しており、ひとかどの歌人であったことがわかります。しかしながらこの歌に関しては、新古今集に撰入されている他は、『長方集』以外にはとられていません。定家は八代抄にも撰入しておらず、どうして百人秀歌に撰ばれたのかさえよくわかりません。

ところで由良という地名は、好忠歌と重複しています。この由良は紀伊だけでなく、丹後や淡路島にもあります。特に好忠歌の場合は、彼が丹後掾(たんごのじょう)だったこともあって、丹後説が根強いようです。もしこの長方歌と一緒だったらどうでしょうか。もともと新古今集では近接した位置に配列されているのですが、そうなると好忠歌も紀伊国の由良に限定解釈されてしまうでしょう。それを嫌ったというわけでもないでしょうが、この歌に関しては、はずされた理由以上に、撰入された積極的な理由がわかりません。

4　山ざくら咲きそめしよりひさかたのくもゐにみゆる滝の白いと

源俊頼朝臣［金葉集春・五〇］一〇五五年～一一二九年

山桜が高嶺(たかね)に咲きはじめてからは、まるではるか遠くの空に滝の白糸が落ちかかっているように見えます。

源俊頼は前の三首とは同列に扱えません。勅撰集に二百十首も撰入している大歌人だからです。これ程の超一流歌人ですから、俊頼の場合は歌人ではなく、歌の変更という特殊なケースになっています。

両歌の優劣を比較してみましょう。「山ざくら」歌の方は、金葉集に撰入されている以外、高陽院七番歌合・散木奇歌集・古来風躰抄・時代不同歌合・別本八代集秀逸・三五記・井蛙抄・詠歌一体・中古六歌仙と、かなりの作品に収録されています。また定家も八代抄・近代秀歌・秀歌体大略・八代集秀逸・百人秀歌に撰入しており、非常に高く評価していたことがわかります。それに対して「うかりける」歌の方は、千載集に撰入された以外、散木奇歌集・時代不同歌合・後鳥羽院口伝・愚秘抄・三五記・井蛙抄・詠歌一体に収録されています。定家のものでは八代抄・近代秀歌・秀歌体大略・八代集秀逸・小倉色紙に撰入されています。こうしてみると、ほとんど甲乙つけがたい歌であることがわかります。

百人秀歌から百人一首への変更に関しては、類似表現を有する忠通歌との近接が最大の理由とされてきました。なるほど三・四句の「ひさかたのくもゐに」は忠通歌と一致しています。しかし異本百人一首の出現により、この理屈は成り立たなくなってしまいました。異本は百人秀歌の配列のままであるにもかかわらず、俊頼歌を「うかりける」に取り換えているからです。つまり類似表現が接近する前に変更されているとも考えられます。そうなると別な理由を考えなければなりません。あるいは雄大かつ君臣和楽的な表現を、それにふさわしい忠通の独自表現として強調したかったのではないでしょうか。

※第五章、作者名の後の番号は『新編国歌大観』による勅撰集の歌番号です。

あとがき

本書では、百人一首について様々な視点から述べてみました。これほどユニークで豊富な内容を有する本は、今までなかったとひそかに自負しています。

序章では、一般常識の危うさを指摘する一方、現代にも生き続けている百人一首グッズを紹介しています。第一章は最も重要な百人一首の成立についてまとめています。これまで私は成立に関してずっと沈黙を守ってきました。研究の基礎を固めた上でないと、無責任な発言になってしまいそうで恐かったからです。幸い私の基礎作業もほぼ完成しつつあります。ようやく成立について本気で考える時がきたのです。するとどうでしょう、今まで禁欲的におさえていたものが、一気に吹き出してきました。そんなわけで第一章は、自分でも驚くほど短時間に書き上がりました。

第二章は成立以降の流れをいくつかの視点から眺めることにより、百人一首の立体像を構築しようとしたものです。特にかるたに関しては、今まで報告されていない雑多な知識を提供しているはずです。第三章には、百人一首の広範な享受史の中から、重要なポイントをいくつかピックアップしてみました。これこそ私の悉皆（しっかい）研究の成果の一部です。第四章は内容面について、教材では触れられないことなど、百人一首の抱えている様々な問題を提起してみました。第五章はそれに連動するものですが、百人一首の面白さを理解していただけるように、短いながらも皆さんの興味を引くような内容にしてみました。

そういうわけで本書には、従来のものとは大きく異なる斬新（ざんしん）な内容が盛り込まれています。これを読んだ皆さんが、百人一首に少しでも興味を抱いて下されば幸いです。

平成十二年七月六日　吉海直人

文庫版あとがき

百人一首の本は数え切れないくらい市販されていますが、もっと深く知りたい人用の本は見当たりません。百人一首所収歌に関するものなら、詳しい解説の本もありますが、歌以外の百人一首の成立や享受史にスペースを割いている本は見当たらないようです。

そこで十六年前に『百人一首への招待』という本を出しました。私はこれを百人一首の二冊目に必要な本と位置づけ、より深くて広い知識を提供したつもりでしたが、最初に聞こえてきたのは現代語訳がついていないという不満の声でした。そんなこんなで私の思いとは裏腹に、『百人一首への招待』は遂に絶版になってしまいました。

ちょうど「ちはやふる」「うた恋い。」の大ヒットで、百人一首のブームが再来したところです。今こそ百人一首にもっと興味を持たれた方の参考書が必要ではないかと思っていたところ、角川ソフィア文庫の一冊として出版していただけることになりました。この際、誤植の訂正に留（とど）まらず、最新の百人一首研究の成果を盛り込んだ新版として加筆し、つけてほしいとご意見をいただいた現代語訳も付けてみました。ですからこれは一冊目の本としても十分活用できます。

これを読んでみなさんなりの「百人一首の正体」をお考え下さい。

平成二十八年六月二十日　吉海直人

参考文献一覧

一、主要な百人一首現代注

1 鈴木知太郎他『小倉百人一首』（東宝書房）昭和28年12月→（さるびあ出版）昭和40年11月→（桜楓社）昭和49年11月

2 小高敏郎・犬養廉『小倉百人一首新釈』（白揚社）昭和29年12月

3 石田吉貞『百人一首評解』（有精堂出版）昭和31年4月

4 中島悦次『小倉百人一首叙説』（新書法出版）昭和53年11月

5 山上ゝ泉『百人一首百科全書』（ピタカ）昭和53年11月

6 桑田明『小倉百人一首釈賞』（風間書房）昭和54年2月

7 上坂信男『百人一首・耽美の空間』（右文選書）昭和54年12月

8 吉海直人『百人一首の新考察』（世界思想社）平成5年9月

9 吉海直人『百人一首の新研究』（和泉書院）平成13年2月

10 井上宗雄『百人一首』（笠間書院）平成16年11月

11 吉海直人監修『一冊でわかる百人一首』（成美堂出版）平成18年12月

12 吉海直人『百人一首で読み解く平安時代』（角川選書）平成24年11月

13　長谷川哲夫『百人一首私注』（風間書房）平成27年3月

二、文庫新書版の百人一首

1　島津忠夫訳注『百人一首』（角川文庫）昭和44年12月↓新版（角川ソフィア文庫）平成11年11月
2　久保田正文『百人一首の世界』（文春文庫）昭和49年11月
3　安東次男『百人一首』（新潮文庫）昭和51年11月　＊百首通見
4　犬養廉訳注『小倉百人一首』（創英社全対訳日本古典新書）昭和51年12月
5　大岡信『百人一首』（講談社文庫）昭和55年11月
6　有吉保『百人一首全訳注』（講談社学術文庫）昭和58年11月
7　鈴木日出男『百人一首』（ちくま文庫）平成2年12月
8　田辺聖子『田辺聖子の小倉百人一首』（角川文庫）平成3年12月
9　竹西寛子『「百人一首」を旅しよう』（講談社文庫）平成9年12月
10　吉海直人『百人一首への招待』（ちくま新書）平成10年12月
11　高橋睦郎『百人一首恋する宮廷』（中公新書）平成15年12月
12　吉海直人『百人一首かるたの世界』（新典社新書）平成20年12月
13　吉海直人監修『こんなに面白かった「百人一首」』（ＰＨＰ文庫）平成22年4月

14 吉海直人『だれも知らなかった「百人一首」』（ちくま文庫）平成23年10月

三、雑誌特集百人一首

1 『百人一首の魅惑』国文学19―1（学燈社）昭和49年1月
2 丸谷才一編『百人一首』別冊文芸読本（河出書房新社）昭和54年11月
3 『百人一首一〇〇人の生涯』別冊歴史読本5―1（新人物往来社）昭和55年1月
4 久保田淳編『百人一首必携』別冊国文学17（学燈社）昭和57年12月
5 『小倉百人一首』解釈と鑑賞48―1（至文堂）昭和58年1月
6 『百人一首100人の歌人』別冊歴史読本17―2（新人物往来社）平成4年1月
7 『小倉百人一首』国文学37―1（学燈社）平成4年1月
8 『百人一首のなぞ』国文学臨時増刊52―16・平成19年12月
9 『総特集百人一首』ユリイカ44―16・平成24年12月

四、グラビア本百人一首

1 『百人一首』別冊太陽1（平凡社）昭和47年11月
2 『百人一首』別冊太陽愛蔵版（平凡社）昭和49年11月
3 『グラフィック版百人一首』日本の古典別巻（世界文化社）昭和50年

4『小倉百人一首』現代語訳日本の古典11（学研）昭和54年11月
5『藤原定家と百人一首』太陽２１０（平凡社）昭和55年9月
6『百人一首』実用特選シリーズ（学研）昭和60年
7『百人一首』墨58（芸術新聞社）昭和61年1月
8『百人一首』季刊墨スペシャル02（芸術新聞社）平成2年1月
9『百人一首Ⅱ』別冊太陽84（平凡社）平成6年1月
10『カラー総覧百人一首』（学研ムック）平成14年12月
11 有吉保・神作光一監修『百人一首入門』（淡交社）平成16年12月
12 吉海直人監修『百人一首への招待』別冊太陽（平凡社）平成25年12月

五、謎解き百人一首（含む推理小説）

1 織田正吉『絢爛たる暗号―百人一首の謎をとく―』（集英社）昭和53年3月→（集英社文庫）昭和61年12月
2 林直道『百人一首の秘密―驚異の歌織物―』（青木書店）昭和56年6月
3 林直道『百人一首の世界』（青木書店）昭和61年5月
4 織田正吉『謎の歌集／百人一首』（筑摩書房）平成元年1月
5 織田正吉『百人一首の謎』（講談社現代新書）平成元年12月

6　小林耕『百人一首秘密の歌集』（イースト・プレス）平成2年12月
7　西川芳治『百首有情―百人一首の暗号を解く―』（未来社）平成5年7月
8　いしだよしこ『百人一首の謎解き』（恒文社）平成8年4月
9　太田明『百人一首の魔方陣』（徳間書店）平成9年12月
10　梓澤要『百枚の定家』（新人物往来社）平成10年11月→（幻冬舎文庫）平成13年8月
11　高田崇史『QED百人一首の呪』（講談社ノベルズ）平成10年12月→（講談社文庫）平成14年10月
12　三好正文『猿丸大夫は実在した!!』（創風社出版）平成12年10月
13　湯川薫『百人一首一千年の冥宮』（新潮社）平成14年8月

六、百人一首研究書

1　田中宗作『百人一首古注釈の研究』（桜楓社）昭和41年9月
2　上條彰次『百人一首古注釈『色紙和歌』本文と研究』（新典社）昭和56年2月
3　目崎徳衛『百人一首の作者たち』（角川選書142）昭和58年11月→（角川文庫）平成17年11月
4　家郷隆文『百人一首・その隠された主題』（桜楓社）平成元年11月
5　糸井通浩・吉田究編『小倉百人一首の言語空間』（世界思想社）平成元年11月

6　松村雄二『百人一首定家とカルタの文学史』（平凡社）平成7年9月
7　吉海直人編『百人一首研究ハンドブック』（おうふう）平成8年4月
8　吉海直人編『百人一首年表』（青裳堂書店）平成9年10月
9　糸井通浩編『小倉百人一首を学ぶ人のために』（世界思想社）平成10年9月
10　吉海直人『百人一首注釈書目略解題』（和泉書院）平成11年11月
11　吉海直人『百人一首の新研究』（和泉書院）平成13年3月
12　大坪利絹・上條彰次・島津忠夫・吉海直人編『百人一首研究集成』（和泉書院）平成15年2月
13　吉海直人編『百人一首研究資料集全6巻』（クレス出版）平成16年3月
14　白幡洋三郎編『百人一首万華鏡』（思文閣出版）平成17年1月
15　吉海直人『だれも知らなかった〈百人一首〉』（春秋社）平成20年1月→（ちくま文庫）平成23年10月
16　吉海直人『百人一首を読み直す』（新典社選書）23年5月
17　徳原茂実『百人一首の研究』（和泉書院）平成27年9月
18　草野隆『百人一首の謎を解く』（新潮新書）平成28年1月

七、参考書

1 樋口芳麻呂『平安・鎌倉時代秀歌撰の研究』(ひたく書房) 昭和58年2月
2 樋口芳麻呂校注『王朝秀歌選』(岩波文庫) 昭和58年3月
3 井上宗雄『中世歌壇史の研究 室町前期』(風間書房) 昭和59年6月 ＊改訂版
4 久保田淳『訳注 藤原定家全歌集 上下』(河出書房新社) 昭和60年3月(上)、61年6月(下)
5『百人一首と秀歌撰』(風間書房) 平成6年1月 ＊和歌文学論集9
6 吉田幸一『百人一首 為家本・尊円親王本考』(笠間書院) 平成11年5月
7 吉田幸一『浮世繪擬百人一首』(笠間書院) 平成14年7月

本書は一九九八年一二月二〇日に刊行された『百人一首への招待』（ちくま新書）を改稿・改題したものです。

百人一首の正体

吉海直人

平成28年 10月25日　初版発行
令和6年 12月15日　6版発行

発行者●山下直久

発行●株式会社KADOKAWA
〒102-8177　東京都千代田区富士見2-13-3
電話　0570-002-301（ナビダイヤル）

角川文庫 20030

印刷所●株式会社KADOKAWA
製本所●株式会社KADOKAWA

表紙画●和田三造

●お問い合わせ
https://www.kadokawa.co.jp/（「お問い合わせ」へお進みください）
※内容によっては、お答えできない場合があります。
※サポートは日本国内のみとさせていただきます。
※Japanese text only

ISBN978-4-04-400186-5　C0192

角川文庫発刊に際して

角川源義

第二次世界大戦の敗北は、軍事力の敗北であった以上に、私たちの若い文化力の敗退であった。私たちの文化が戦争に対して如何に無力であり、単なるあだ花に過ぎなかったかを、私たちは身を以て体験し痛感した。西洋近代文化の摂取にとって、明治以後八十年の歳月は決して短かすぎたとは言えない。にもかかわらず、近代文化の伝統を確立し、自由な批判と柔軟な良識に富む文化層として自らを形成することに私たちは失敗して来た。そしてこれは、各層への文化の普及滲透を任務とする出版人の責任でもあった。

一九四五年以来、私たちは再び振出しに戻り、第一歩から踏み出すことを余儀なくされた。これは大きな不幸ではあるが、反面、これまでの混沌・未熟・歪曲の中にあった我が国の文化に秩序と確たる基礎を齎らすためには絶好の機会でもある。角川書店は、このような祖国の文化的危機にあたり、微力をも顧みず再建の礎石たるべき抱負と決意とをもって出発したが、ここに創立以来の念願を果すべく角川文庫を発刊する。これまで刊行されたあらゆる全集叢書文庫類の長所と短所とを検討し、古今東西の不朽の典籍を、良心的編集のもとに、廉価に、そして書架にふさわしい美本として、多くのひとびとに提供しようとする。しかし私たちは徒らに百科全書的な知識のジレッタントを作ることを目的とせず、あくまで祖国の文化に秩序と再建への道を示し、この文庫を角川書店の栄ある事業として、今後永久に継続発展せしめ、学芸と教養との殿堂として大成せんことを期したい。多くの読書子の愛情ある忠言と支持とによって、この希望と抱負とを完遂せしめられんことを願う。

一九四九年五月三日

角川ソフィア文庫ベストセラー

ビギナーズ・クラシックス 日本の古典
百人一首（全）
編／谷　知子

天智天皇、紫式部、西行、藤原定家――。日本文化のスターたちが繰り広げる名歌の競演がスラスラわかる！　歌の技法や文化などのコラムも充実。旧仮名が読めなくても、声に出して朗読できる決定版入門。

カラー版 百人一首
谷　知子

百人一首をオールカラーで手軽に楽しむ！ 尾形光琳が描いた二百点のカルタ絵と和歌の意味やポイントを一首一頁で紹介。人気作品には歌の背景や作者の境遇などの解説を付し、索引等も完備した実用的入門書。

新版 百人一首
訳注／島津忠夫

藤原定家が選んだ、日本人に最も親しまれている和歌集「百人一首」。最古の歌仙絵と、現代語訳・語注・鑑賞・出典・参考・作者伝・全体の詳細な解説などで構成した、伝素庵筆古刊本による最良のテキスト。

ビギナーズ・クラシックス 日本の古典
枕草子
清少納言
編／角川書店

一条天皇の中宮定子の後宮を中心とした華やかな宮廷生活の体験を生き生きと綴った王朝文学を代表する珠玉の随筆集から、有名章段をピックアップ。優れた感性と機知に富んだ文章が平易に味わえる一冊。

ビギナーズ・クラシックス 日本の古典
おくのほそ道（全）
松尾芭蕉
編／角川書店

俳聖芭蕉の最も著名な紀行文、奥羽・北陸の旅日記を全文掲載。ふりがな付きの現代語訳と原文で朗読にも最適。コラムや地図・写真も豊富で携帯にも便利。風雅の誠を求める旅と昇華された俳句の世界への招待。

角川ソフィア文庫ベストセラー

徒然草
ビギナーズ・クラシックス　日本の古典

吉田兼好
編／角川書店

日本の中世を代表する知の巨人・吉田兼好。その無常観とたゆみない求道精神に貫かれた名随筆集から、兼好の人となりや当時の人々のエピソードが味わえる代表的な章段を選び抜いた最良の徒然草入門。

今昔物語集
ビギナーズ・クラシックス　日本の古典

編／角川書店

インド・中国から日本各地に至る、広大な世界のあらゆる階層の人々のバラエティーに富んだ日本最大の説話集。特に著名な話を選りすぐり、現実的で躍動感あふれる古文が現代語訳とともに楽しめる！

古事記
ビギナーズ・クラシックス　日本の古典

編／角川書店

天皇家の系譜と王権の由来を記した、我が国最古の歴史書。国生み神話や倭建命の英雄譚ほか著名なシーンが、ふりがな付きの原文と現代語訳で味わえる。図版やコラムも豊富に収録。初心者にも最適な入門書。

更級日記
ビギナーズ・クラシックス　日本の古典

菅原孝標女
編／川村裕子

平安時代の女性の日記。東国育ちの作者が京へ上り憧れの物語を読みふけった少女時代。結婚、夫との死別、その後の寂しい生活。ついに思いこがれた生活を手にすることのなかった一生をダイジェストで読む。

古今和歌集
ビギナーズ・クラシックス　日本の古典

編／中島輝賢

春夏秋冬や恋など、自然や人事を詠んだ歌を中心に編まれた、第一番目の勅撰和歌集。総歌数約一一〇〇首から七〇首を厳選。春といえば桜といった、日本的美意識に多大な影響を与えた平安時代の名歌集を味わう。

角川ソフィア文庫ベストセラー

方丈記（全）
ビギナーズ・クラシックス　日本の古典

鴨　長明
編／武田友宏

平安末期、大火・飢饉・大地震、源平争乱や一族の権力争いを体験した鴨長明が、この世の無常と身の処し方を綴る。人生を前向きに生きるヒントがつまった名随筆を、コラムや図版とともに全文掲載。

土佐日記（全）
ビギナーズ・クラシックス　日本の古典

紀　貫之
編／西山秀人

平安時代の大歌人紀貫之が、任国土佐から京へと戻る旅を、侍女になりすまし仮名文字で綴った紀行文学の名作。天候不順や海賊、亡くした娘への想いなどが、船旅の一行の姿とともに生き生きとよみがえる！

新古今和歌集
ビギナーズ・クラシックス　日本の古典

編／小林大輔

伝統的な歌の詞を用いて、『万葉集』『古今集』とは異なった新しい内容を表現することを目指した、画期的な第八番目の勅撰和歌集。歌人たちにより緻密に構成された約二〇〇〇首の全歌から、名歌八〇首を厳選。

南総里見八犬伝
ビギナーズ・クラシックス　日本の古典

曲亭馬琴
編／石川　博

不思議な玉と痣を持って生まれた八人の男たちは、やがて同じ境遇の義兄弟の存在を知る。完結までに二八年、九八巻一〇六冊の大長編伝奇小説を、二九のクライマックスとあらすじで再現した『八犬伝』入門。

伊勢物語
ビギナーズ・クラシックス　日本の古典

編／坂口由美子

雅な和歌とともに語られる「昔男」（在原業平）の一代記。垣間見から始まった初恋、天皇の女御となる女性との恋、白髪の老女との契り――。全一二五段から代表的な短編を選び、注釈やコラムも楽しめる。

角川ソフィア文庫ベストセラー

古典文法質問箱　大野　晋

高校の教育現場から寄せられた古典文法のさまざまな八四の疑問に、例文に即して平易に答えた本。はじめて短歌や俳句を作ろうという人、もう一度古典を読んでみようという人に役立つ、古典文法の道案内！

大人のための世界の名著50　木原武一

『聖書』『ハムレット』『論語』『種の起原』ほか、世界の文豪や知識人たちが著した知の遺産を精選。独自の「要約」と「読みどころと名言」や「文献案内」も充実。一冊で必要な情報を通覧できる名著ガイド！

大人のための日本の名著50　木原武一

『源氏物語』『こころ』『武士道』『旅人』ほか、日本人としての教養を高める50作品を精選。編者独自のわかりやすい「要約」を中心に、「読みどころと名言」や「文献案内」も充実した名著ガイドの決定版！

七十二候で楽しむ日本の暮らし　広田千悦子

「虹始めて見る」「寒蟬鳴く」「菜虫蝶と化る」など、七十二に分かれた歳時記によせて、伝統行事や季節の食べ物、植物、二十四節気の俳句や祭りなどを紹介。オールカラーのイラストでわかりやすい手引き。

短歌はじめました。
百万人の短歌入門
穂村　弘
東　直子
沢田康彦

有名無名年齢性別既婚未婚等一切不問の短歌の会「猫又」。主宰・沢田の元に集まった、主婦、女優、プロレスラーたちの自由奔放な短歌に、気鋭の歌人・穂村と東が愛ある「評」で応える！　初心者必読の入門書。

角川ソフィア文庫ベストセラー

今はじめる人のための短歌入門　岡井　隆

短歌をつくるための題材や言葉の選び方、知っておくべき先達の名歌などをやさしく解説。「遊びとまじめ」「事柄でなく感情を」など、テーマを読み進めるごとに歌作りの本質がわかってくる。正統派短歌入門！

ひとりの夜を短歌とあそぼう　穂村　弘・東　直子・沢田康彦

私かて声かけられた事あるねんで（気色の悪い人やったけど）←これ、短歌？　短歌です。女優、漫画家、高校生――。異業種の言葉の天才たちが思いっきり遊んだ作品を、人気歌人が愛をもって厳しくコメント！

昭和短歌の精神史　三枝昻之

斎藤茂吉、窪田空穂、釈迢空、佐々木信綱――。戦中・戦後の占領期を生き抜いた歌人たちの暮らしや想いを、当時の新聞や雑誌、歌集に戻り再現。その内面と時代の空気や閉塞感を浮き彫りにする革新的短歌史。

短歌があるじゃないか。一億人の短歌入門　穂村　弘・東　直子・沢田康彦

漫画家、作家、デザイナー、主婦……主宰・沢田のもとに集まった傑作怪作駄作の短歌群を、人気歌人の穂村と東が愛ある言葉でバッサリ斬る！　読んだその日から短歌が詠みたくなる、笑って泣ける短歌塾！

短歌の作り方、教えてください　俵　万智・一青　窈

俵万智のマンツーマン短歌教室に、一青窈が入門！臨場感あふれるふたりの実作レッスンのやりとりを辿る、画期的な短歌入門書。添削指導のほか、穂村弘や斉藤斎藤を迎えた特別レッスンのようすも収録。